語境的還原：**北島**詩歌研究

Return to the Original Context :
A Study of Bei-Dao's Poetry

楊嵐伊

目次

第一章　緒　論

第一節　洞見中的不見

在中國當代文學史上，北島是位帶有許多爭議的作者。不論是早先與白洋淀詩人交往時的地下詩歌創作，或者是創辦地下油印文學刊物《今天》，以及其後在詩壇上引起的「朦朧詩」論爭，這些「地下」或者「晦澀」的立場，都使得北島在一九七〇、一九八〇——那個中國大陸文壇尚且不習慣別創新格的——年代與遵循「黨的領導」的馴順作家格格不入。

「黨的領導」所期待的作品，無非是些服膺於政策的辭令，是為一種通俗化的政治文宣。中國政府透過胡風事件、反右運動以及文革初期的文化界整肅等手段，成功地將文學創作圈養在「合宜」的文學典型裡。直到文化大革命後期，上山下鄉的貧窮處境、林彪事件引起的信任危機等等事件，在祕密流傳的黃皮書灰皮書之推波助瀾下，與北島同時期的一代青年，開始意識到美好的共和國願景正逐漸崩解。文學典型裡美好的世界，再也掩蓋不住現實與理想之間的巨大落差；另一種有別於家國宏大敘述、著重表現自我個性的詩歌，悄悄地從非正式出版的地下刊物裡迸現，並且迅速獲得青年

一代的共鳴。北島及其盟友亦於此時嶄露頭角，進而成為當代文學史上爭議不斷卻不可或缺的「朦朧詩」要角。

　　大部分的中國當代文學史在闡述朦朧詩論爭時，都以首先標舉「朦朧」名號的章明〈令人氣悶的「朦朧」〉（1980），以及視所謂「朦朧」為美學轉折的「三崛起」——謝冕〈在新的崛起面前〉（1980）、孫紹振〈新的美學原則在崛起〉（1981）、徐敬亞〈崛起的詩群〉（1983）——為中國大陸文藝政策與現代主義美學不斷溝通的開始。在一九八〇年代初期的論爭中，朦朧詩的美學及歷史意義獲得初步的釐清，理論層面的建構亦有相對的進展，諸多被畫歸為朦朧詩一派的詩人，如北島、顧城、舒婷、江河、楊煉等人，其書寫情感及個性的創作意圖，皆被視為是承接了五四運動以來失落已久的人文主義關懷。接受西方思潮啟發的朦朧詩人，在詩作之中常常將己身的感受擴張為同時代人的共同情感，青年詩人自覺（或不自覺）地肩負起覺醒「一代人」、為一代人發聲的承擔意識，最終成為文革後之中國社會強大的變革動力，這也是北島詩歌在當時最為人知悉的聲調。

　　北島的〈回答〉、〈宣告〉、〈一切〉、〈結局或開始〉等，曾在官方刊物上發表的詩作，堪稱是北島「朦朧詩時期」的名篇，詩人勇於質疑現狀以及高聲吶喊的英雄形象，至今仍深植在知青和「一代人」的腦海裡。即使北島在一九八九年之後因為政治干預，而一度消失於當代詩壇和詩史的討論中，但自一九九〇年代後期逐漸增加的論述看來，「英雄北島」的義正辭嚴仍然是評論者津津樂道的話題。但當我們從一片熱烈追究北島政治詩作之精神向度的討論中，回到那些被概括為「朦朧詩」的北島詩作本身，卻會發現，北島在此時創作最多的，並不是造成廣大迴響的政治詩，而是與世無爭的抒情之作。

　　衝撞時代的政治詩作，或許符合眾評論家獵奇和緬懷青春的期待，但對北島早期的創作意念來說，構築於抒情詩作裡的、純真無憂的大自然，似乎是詩人更樂意安頓心靈的寧靜歸屬。這個部分的詩人之思，往往是評論者眼下的不見，就目前可見的論述看來，抒情詩之於北島初期創作的重要性、以及浪漫精神在北島抒情詩和政治詩裡的作用等議題，皆少有人著墨。另一方面，北島在一九七六年失去親人之後，悼亡詩成為緊接在政治詩作後的創作主軸，縈繞其間的哀傷氣息，影響了北島往後的創作以及人生。只是，悼亡詩和抒情之作的命運一致，皆因著評論者的視域從未涵蓋至此，而被長期地忽略。

　　當評論諸家皆重度沉迷於北島一九七〇年代政治詩作裡的熱切和激昂時，忽略同一時期創作的抒情詩、悼亡詩或許還情有可原。然而，當詩人一九八〇年代的詩作有了存在主義轉折、一九九〇年代之後更有流亡意識滲入其中，詩論家卻仍然義無反顧地將北島詩學的評論向度侷限在「朦朧詩／政治詩」的範疇之下，這不僅是無法切合北島詩旨的詮釋方式，對經營超過二十五年的北島全幅詩論而言，更是造成難以圓融說解詩意的詮釋障礙。

　　就目前所見以北島詩歌為對象的討論，大致可依內容分成三個大方向。第一種常見的談法，是將北島放在朦朧詩的詩人群體中，與舒婷、顧城、楊煉、江河並列為朦朧詩人的代表。北島從這組詩人代表團中突出的特色，便是〈回答〉、〈宣告〉、〈結局或開始〉等等，反抗意識澎湃、自覺肩負起一代人重擔的政治詩。經過一九八〇年代初期，中國詩壇長達五年關於朦朧詩的詩學討論，那令北島顯得醒目的「政治詩作」於焉成為其此時期的「代表作」。在以整個朦朧詩詩潮為時間單位的論述中，北島詩作的意義及價值往往被凝

固在如此的詮釋裡。當詩評家更願意將「朦朧詩」裡的抒情成份歸由舒婷和顧城偏勞，北島詩作中政治以外的主題，終究為詩論者所忽略。如此意見對二十一世紀開始動筆的中國當代文學史建構，造成相當大的影響，展讀當前可見之中國大陸當代文學史／詩史，皆不脫此論述框架。

和朦朧詩詩學建構並行的另一種討論方式，大體是由賞析式的文字敘述組成。比起旨在建立詩學理論或美學分判的文學研究，「賞析」似乎更接近於評價和定位的前置作業，但卻是因為欣賞分析僅止於疏解詩的梗概，不會涉及過多的新潮理論與政治禁忌，一九八九年後因六四天安門事件而流亡海外的北島及其詩作，在中國大陸露臉的機會，就只剩這些備受侷限的空間了。北島的詩作在一九八〇、一九九〇年代交接之時，雖然因為評論家的噤聲而沒有足夠的論述供給適切的詩學評論，但賞析作者小心翼翼的理念表述，卻仍不失為是一種當代評論者的思想切片，即使從中發現「觀點」的機會是微乎其微，但聊以補充北島在詩學討論上突然的空白。

在經過一九八〇年代的論爭、一九九〇年代初期的禁制後，隨著中國大陸文藝政策的逐步鬆綁，到了二〇〇〇年前後，中國大陸的文學批評家開始在固有的現實主義之外尋找更多元的觀點，進一步剖析北島的創作，繫於北島個人的詩學討論自此逐漸增加。其中張閎〈北島，或關於一代人的「成長小說」〉[1]、洪子誠〈北島早期的詩〉[2]和楊四平〈北島論〉[3]等，著眼於北島個人的創作史、以相

---

[1] 張閎〈北島，或關於一代人的成長小說〉，《當代作家評論》1998 年 06 期（1998/11），頁 86-94。

[2] 洪子誠〈北島早期的詩〉，《海南師範學院學報（社會科學版）》2005 年第一期總第 75 期（2005/01），頁 4-10。

[3] 楊四平〈北島論〉，《涪陵師範學院學報》第 21 卷第 6 期（2005/11），頁 25-32。

對完整的篇幅，體現了當代詩評家眼中的詩人北島。張閎在論文中提到「父與子的權力對抗」以及「城樓與廣場間的回聲」，藉此說明北島早期政治詩的訴求和目標；洪子誠則是從朦朧詩時期開始，梳理北島成為朦朧詩裡一員大將的主體性及詩歌特質、意象群的使用；至於楊四平，則開始思考文學史對北島形象的建構以及詩人流亡後詩歌語言的表現。往後關於北島早期詩歌的討論，大抵不出這三篇文論所建立起的範圍。另外，二○○六之後出現於中國大陸的學位論文——例如：安徽大學石軍《北方的孤島——北島詩論》、上海交通大學殷穎《北島出國後詩歌研究》、吉林大學馬牧野《主題的變奏和詩藝的呈現——北島國外時期詩作研究》等等——亦只是重述大陸學界對北島詩作的固有觀點，並未提出新穎的創見。

　　大多數談及北島早期詩作的文論，都不忘提及北島政治詩的震撼與力道，但少有人論及政治詩以外的創作。林平喬〈試論北島的愛情詩〉[4]是眾多文論裡，特別以「愛情詩」為中心的篇章，只是作者急著在短短三頁的篇幅裡，向讀者解釋諸多情詩的內容，致使未能專心地架構北島愛情詩的價值。在這篇論文之後，關於北島愛情詩作的討論，至今仍未有更進一步的發展。至於悼亡詩的研討，現今仍然停留在賞析的階段，無人涉足此一主題，甚為可惜。

　　北島的早期詩作除了是大陸學界關注的焦點，北島的流亡身分，也引起了國際漢學家的興趣。宇文所安在一九九○年發表的〈什麼是世界詩歌？〉[5]，是這些「漢學」論著中極具爭議的一篇。宇文

---

[4] 林平喬〈試論北島的愛情詩〉，《湘潭師範學院學報（社會科學版）》第27卷第5期（2005/09），頁76-78。

[5] 宇文所安（Stephen Owen）著，洪越譯、田曉菲校〈什麼是世界詩歌〉，《新詩評論》總第三輯（2006/04），頁 117-128。此文原發表於"The Anxiety of Global Influence: What is World Poetry." *New Republic* (November 1990).

所安認為北島有意識地創作「在翻譯中不會流失民族風味」的「世界詩歌」，以攫取歐美重要文學大獎的目光，並指陳亞洲國家的「現代詩」僅僅是西方現代主義各種思潮下的模仿者。此說一出，不僅引發中國評論者對北島「再評價」的風波，也引發世界華文學界對現代漢詩之價值、國家特色之於當代文學展演等等文化／文學議題的針鋒相對。

　　宇文所安的「世界詩歌」意見，雖然是針對北島早期創作而發，但中國大陸的評論者卻「自動自發」地將此意見，移用至北島流亡後詩作的討論。評論者首先因為疏於分剖北島的流亡心境，貿然帶著對「朦朧詩英雄」的期待展讀詩人的流亡詩作，以致於無從在流亡的肌理中看出北島創作意識的轉變；再者，大部分的評論家皆無視於宇文所安因著輕忽北島詩作的創作時間而造成論述的誤差，執意將宇文所安的意見套用到詩人一九八九年之後的創作中，此舉無疑加劇了評論諸家論述時的囫圇與追究不到根柢的困惑。少數提及北島流亡境遇的，目前僅見林幸謙〈當代中國流亡詩人與詩的流亡——海外流亡詩體的一種閱讀〉[6]、〈無主之詞／一聲淒厲的叫喊——北島的流放語言和離散語境〉[7]，不過林幸謙將北島放在後殖民主義的「離散（Diaspora）」的脈絡裡來談，卻顯得不切合北島的處境。由此可見，北島流亡後詩作的討論亦相當貧乏，實仍存在著相當大的論述空間。

---

pp.28-32.

[6] 林幸謙〈當代中國流亡詩人與詩的流亡——海外海亡詩體的一種閱讀〉，《中外文學》第 30 卷第 1 期（2001/06），頁 33-64。

[7] 林幸謙〈無主之詞／一聲淒厲的叫喊——北島的流放語言和離散語境〉，《文學世紀》總第 18 期（2002/09），頁 14-18。

　　在當前的「北島詩論」皆無法使詩人詩作更加明朗的情況下，著實反襯出引領一九八○年代中國詩壇美學轉變，並創造中國現代詩流亡詩題的詩人北島，是個值得且亟待深入的議題。

第二節　研究進路與詩集版本

　　追索詩人剛剛提起詩筆的一九七○年代，北島所交往的朋友、經手過的黃皮書和灰皮書以及地下沙龍裡的談資，「存在主義」無疑是彼時最熱門的思潮。北島在〈回答〉、〈宣告〉、〈結局或開始〉等詩裡透露的人道信仰、反抗勇氣和悲劇意識，皆是存在主義在北島早期詩作裡所留下的清晰印記。然而，政治詩並非北島早期創作的全部，細心研讀過北島一九七二至一九七八年的作品，詩人在尚未「涉世」之前所執意構築的無憂田園，亦頗有幾分浪漫主義——現代主義之前驅——的情懷。雖然北島與浪漫主義的關係並不像與存在主義般明確，但浪漫的因子根植於每個人的心靈之中，而浪漫主義精神實可作為剖析北島創作意識時的理論借鑒。是以，浪漫主義的理想是與存在主義思潮同樣重要的、深入北島流亡前創作意識的研究進路。

　　一九八九年之後，北島因政治干預而流亡海外，至此開啟了流亡詩題。理解流離的心情和流亡的內容，是解讀北島流亡後創作的第一個步驟，惟有認識了流亡之於北島的衝擊，才能更準確地詮釋此時期的創作。藉著艾德華‧薩依德在《知識分子論》裡的說明——知識份子如何在流亡之中思考自己與祖國的關係——耙梳「流

亡」刻在北島詩作中的痕跡；北島在同樣的「中國議題」裡展現出的、與朦朧詩時期不同的語言風格和詩學思考，於焉獲得進一步深化的空間。至於評價流亡所帶來的轉變之意義，則須在北島的詩作之外，同時引入中國評論者和西方漢學研究者的意見作為參照，以求從成說裡突顯出推展與破綻，進而更全面地呈現北島流亡詩作的價值。

在不同章節中所運用的不同理論，是為了表現詩人於各個創作時期的特色，而歷時性研究與共時性研究是貫串全部論述的研究方法，更是還原詩人與創作、評論者與詩作所居處之語境的唯一路徑。這個「還原語境」的工程，對當前「北島論述」中普遍存在的、將作品與創作時空割裂之問題來說，尤為重要。貼近詩人創作時的想法，是為了更精準地解讀詩作的意蘊，而梳理評論者論述時的背景，則有助於分剖評價所隱含的期待。

既然以詩人北島的生命歷程及其詩歌創作為核心，故一九四九年以來中共文藝政策及北島所處的環境，是為「北島詩歌」的時空背景，而北島的詩集自然成為研究過程中，首要的核心資料。正式刊行的北島個人詩集計有《北島詩選》（1986）、《北島詩集》（1988）、《在天涯：北島詩選》（1993）、《午夜歌手》（1995）、《零度以上的風景》（1996）、《開鎖》（1999）以及《北島詩歌集》（2003）等七本。其中僅有一九八六年的《北島詩選》以及二〇〇三年的《北島詩歌集》兩本在中國大陸出版，其餘的詩集則是在香港或臺灣發行。兩本相隔十六年、在中國大陸發行的北島詩選集，代表著北島在中國大陸從認可到拒絕再到鬆綁的歷程。比對這七本詩集所收錄的詩作，《北島詩集》是《北島詩選》的簡要版本，《午夜歌手》和較晚的《北島詩歌集》是時間跨度較長的詩選集，是以，依照北島

創作歷史區別，《北島詩選》是朦朧詩時期的重要詩集，《在天涯》、《零度以上的風景》、《開鎖》是流亡之後主要的參照文本。另外，北島在流亡之後開始寫作的散文雖與「詩歌研究」的名目不甚相稱，但北島在散文裡所紀錄的見聞與交遊，卻是提供理解其流亡生活的重要線索。幾本分別在臺灣、香港和中國大陸出版的散文集：《藍房子》（1998）、《午夜之門》（2002）、《青燈》（2006）、《青燈》（2008），於焉成為不可或缺的核心資料[8]。至於北島詩作的海外譯本，由於翻譯的語言版本眾多且搜羅不易，再者，翻譯研究亦非本研究之重心所在，故僅以英文譯本為參考，視情況補充、引述。與北島同輩詩人的詩集、相關詩刊，以及詩學評論集、學位論文、中國當代思潮、文學史論述、文化／文學理論等輔助資料，亦在參考的範圍之內。

---

[8] 二〇〇四年在由汕頭大學出版的北島散文集《失敗之書》其內容不出《藍房子》、《午夜之門》和《青燈》的篇章，只新增一篇北島自序及附錄的訪談，故未列名於此。

第二章　重組時間的秩序與細節

──北島早期詩歌的問題探討（1970～1978）

緒　言

　　北島以「詩人」的身分進入中國當代文學的視野，首先是從《今天》開始的。《今天》的「地下」氣息和叛逆氛圍，吸引著同樣在尋找威權缺口的祕密讀者。當這股不安定的力量漸漸擴散至地表，並從同人刊物輾轉登上冠冕堂皇的官方詩刊，北島和其他「朦朧詩」的作者，被挪移到聚光燈與顯微鏡之下，從語言習慣、專屬詞彙、意象系統，到思想體質，無一不被反覆檢視。中國當代詩史上的「朦朧詩論爭」便從這裡開始。這場由地底雜音演成的浩大詩學論戰，雖然喧騰一時，但中國詩壇實有太多的「雜音」需要平息，艾青等執牛耳的詩壇大老還沒來得及對朦朧詩論爭作出「政治正確」的結論，就不得不放下這場已然陳舊的戰事，投身另一個由第三代詩人新闢的詩學戰場。

　　儘管一九八〇年開始的朦朧詩討論，始終沒有協商出兩方——支持或者壓制——人馬共同認可的評價，不過把北島固定在「朦朧詩人」的稱號之下，倒是論爭過程裡有志一同的說法。這個難得的共識被往後的當代文學史一再複述，進而成為北島等人出入史冊的響亮頭銜。可是，當我們試圖沿這條歷史線索將北島的個人創作史與文學史敘述疊合，卻猛然發現橫在創作與輿論之間的時差，使得這個本來就很「朦朧」的界定，更難與詩人的寫作歷程相應。

　　單以那些一九八〇年出現在評論家眼前，並引起爭議的北島「朦朧詩」來看，〈太陽城札記〉、〈結局或開始〉、〈回答〉和〈一切〉都是構思或完成於一九七四到一九七七年的創作[1]，然而，遲至一九八〇年它們才被冠以「朦朧詩」之名。論爭所聚焦的詩作，是北島在「朦朧詩」的名號出現前便寫就多時的作品。正值評論家對北島初執筆桿的詩稿感到驚為天人時，一九八〇年的北島，卻早已藉著出版《陌生的海灘》（1978），向過去的生澀詞語告別，力求開展更精密的語言思考。遠遠落在詩人之後的評論者，只能追逐著北島早年創作的影子，在創作與發表的時空間隙裡無可解脫地迷航。

　　迷航的最終結果，到底還是讓「朦朧詩論爭」成為一場未竟之戰，無疾而終的戰事使得文學史書寫無法為「朦朧詩」設出準確的時間底限。史筆的折衷寫法，是憑著那幾首在論戰初起時被安置於「朦朧」的名號之下、北島發表在《今天》的作品為立說根據，並於開篇便提出「朦朧詩人：北島」的定位，卻絕口不提這個稱謂的適用範圍。將青澀的一九七〇年代與轉趨細膩的一九八〇年代並置，亦或把北島近二十年的寫作歷練全壓縮在一個從頭到尾都不

---

[1] 李潤霞編《被放逐的詩神》（武漢：武漢出版社，2006），頁 411、413-417、418-420、423。

精確的代名詞下，實是當代新詩史／文學史書寫，屢見不鮮且行之有年的體例。即使是二〇〇〇年之後出版的評論集，只要是以當代文學史歷程為架構的詩學探討，仍然無一例外地以「朦朧詩」涵蓋北島一九七〇至一九八九年的作品[2]；與此相對，差不多時間發表的，以北島個人創作論為主軸的討論，卻都極為克制地使用「朦朧詩」這一特定的詞語。例如一九九八年張閎的〈北島，一代人的成長小說〉[3]，就乾脆繞過錯綜複雜的「朦朧詩」，大筆一揮以流亡為限，將其詩分為前、後兩期；後來的羅云鋒〈北島詩論〉[4]、陳超〈北島論〉[5]亦以此法區分。至於楊四平的〈北島論〉[6]，則嘗試用北島自認所屬的文學團體「今天派」[7]來取代「朦朧詩」。「朦朧詩」及圍繞其間的討論，或許確有在歷史記上一筆的必要，畢竟這場漫長的論爭，總也算是為文革後的文學風氣打開新局，可是就北島的創作史而言，「朦朧詩」卻是個逐漸被捨棄的含混指涉。不論揚棄或是取代，「朦朧詩」之於北島的尷尬，自此更為顯明。

　　拋開「朦朧詩」的包袱，無疑是由當代詩史（慣性）的宏觀敘述向詩歌創作文本回返的第一步，一旦實際測量了這一步所推進的

2　例如：李新宇《中國當代詩歌藝術演變史》（杭州：浙江大學出版社，2000）、程光煒《中國當代詩歌史》（北京：中國人民大學出版社，2003）、汪劍釗《二十世紀中國的現代主義詩歌》（北京：文化藝術出版社，2006）、吳尚華《中國當代詩歌藝術轉型論》（合肥：安徽教育出版社，2004）等專著，皆以「朦朧詩」來涵蓋北島這十九年的創作。

3　張閎〈北島，或關於一代人的成長小說〉，《當代作家評論》1998 年 06 期（1998/11），頁 86-94。

4　羅云鋒〈北島詩論〉，《華文文學》總第 76 期（2006/05），頁 70-79。

5　陳超〈北島論〉，《文藝爭鳴》2007 年 08 期（2007/08），頁 89-99。

6　楊四平〈北島論〉，《涪陵師範學院學報》第 21 卷第 6 期（2005/11），頁 25-32。

7　北島、查建英〈北島〉，《八十年代訪談錄》（香港：牛津大學出版社，2006），頁 66。

北島詩歌研究里程，便會發覺，這些評論中的變革只是虛有其表的文字遊戲而已。楊四平雖然參考北島的意見改「朦朧詩」為「今天派」，不過，只要觀察到〈北島論〉裡的那些「今天」都能以「朦朧」代換，而不致影響原有的文章肌理，就不禁令我們對這個理應更有說服力的說法啞然。同樣不周延的情形也出現在羅云鋒和陳超筆下，那貌似果決的前、後期二分法。為了要在有限的篇幅間納進長達二十年的「前期」詩作，北島的詩句時常被剪裁成毫無風格可言的短語。再者，這些單薄詞組所要證成的，往往還是當年「朦朧詩」所關注的議題：政治話語的回聲、朦朧意象的象徵，以及詩人的對抗形象。北島一九七〇至一九八九年的創作，應該可以容下更多不同面向的詮釋。

出自不同手筆的分析，卻以高度相似的取向作結；「朦朧詩」的名項是捨棄了，但深入詩人之於語言的詩學討論，仍付之闕如。這個偏頗的現象一直要到批評家跨過關於「前期」的論述，進入所謂的「後期」才稍稍緩解。拜流亡之賜，語言之於詩人的意義才又被重新發現。只是，在評論者皆汲汲於理清流亡之內的母語寫作為何樣貌時，大部分的人都忽略了，詩人之於語言的不穩定狀態，其實早在北島剛拿起詩筆，學著運用詩語言的一九七〇年代便經歷過一次，而此一回合的摸索，是北島能否成為「詩人」的關鍵，這或許比一九八九年之後的轉型還來得重要。倘若北島在一九七〇年代就敗給了詩歌語言，往後一切有關朦朧的討論、史籍的擾攘、流亡的研商，勢必將成為另外一位詩人的「榮耀」。

回歸北島之於語言的關係，不該僅是針對流亡衍生的議題，北島早年摸索語言、學著成為詩人的里程，也該得到這一層次的關注；詩人的風格乃至終極關懷亦是在此前提之下，逐漸積累成型的。北

島摸索語言的痕跡，並非隱微地難以覺察，它們只是在定型的論述裡被習慣性地視而不見。一九八六年正式出版的《北島詩選》[8]是收錄北島早年詩作較為完整的選集，以此為據，並參照其他版本的詩選和學者對北島早年詩作的考據，實能讀出藏在重重篩選之後，北島對其詩作的自我評價。

　　首先引起注意的，是那些一九七八年十二月至一九八〇年十二月間發表於《今天》的創作。據李潤霞考訂，「北島在《今天》發表的詩歌作品幾乎囊括了他在『文革』時期的全部寫作和1976-1980年底的全部詩歌作品」[9]；而時至一九八六年，詩人為《北島詩選》再度回頭整理早年的作品時，卻不因詩作同是發表在《今天》便將它們歸入同一輯中，反而是分別收錄於輯一和輯二。輯一或者輯二的意義，代表著時間上的區別，從《北島詩選》英譯本 The August Sleepwalker 的譯者說明得知[10]，一九七〇至一九七八年間的創作納入輯一，輯二則是寫於一九七九至一九八三年的作品。這冊《北島詩選》由北島親自編選並順時排序[11]，他堅持以一九七八年作為第一、二期詩作的分水嶺，並不像一般批評家習慣將一九七〇～一九八九年並置於同一個論述時段。北島的詩學考慮，在這個分輯落差裡現出端倪。

　　《北島詩選》的輯一和輯二，雖然可以北島一九七八年的油印詩集《陌生的海灘》[12]，和接著於一九八二年完成的《峭壁上的窗

[8]　北島《北島詩選》（廣州：新世紀出版社，1986）。
[9]　李潤霞〈「文革」後民刊與新時期詩歌運動——以《啟蒙》與《今天》為例〉，《新詩評論》總第3期（2006/04），頁108。
[10]　Bonnie S. McDougall. "Translator's Note." *The August Sleepwalker*. New York: New Directions,1990. p.15.
[11]　Bonnie S. McDougall. "Translator's Note." *The August Sleepwalker*. p.15.
[12]　北島〈附錄：北島寫作年表〉，《零度以上的風景》（臺北：九歌出版社有限

戶》[13]作為界碑，但就詩行裡透露出的細節，以一九七八年為界的創作，並不僅僅是寫作不輟的紀念和一時衝動的出版而已。將此二輯的詩作比觀，以收於輯一的〈回答〉（1976）與納入輯二的〈結局或開始〉（1981）定稿為例，同樣的政治題材，〈回答〉的獨白模式至〈結局或開始〉卻轉趨深沉。在〈回答〉之時只能憑不斷復現的「我不相信」來反駁偽飾的真理，到了〈結局或開始〉北島仍然不相信政治教條，不過此時的詩人卻能夠運用更縝密的語言組織長達十節的詩行，不必借助像是〈冷酷的希望〉（1974）之數字連綴或〈太陽城札記〉（1974）之組詩形式來表達核心思想。基於對自己詩藝的認識，北島把新詩寫作的第一個段落下在一九七八年。而一九七〇至一九七八年這段期間之於北島詩作的重要性，亦是本文意欲開展的主題。

北島自陳從一九七〇年開始寫詩[14]，但早期的作品已經遺失，所有追溯的努力，僅能從目前所見寫於一九七二年的作品開始[15]。文革地下詩歌精選《被放逐的詩神》（2006）是現有收錄北島一九七八年以前詩作最多的集子，主要編者李潤霞在這本選集裡，曾針對北島不同版次的油印詩集《陌生的海灘》、發表在《今天》的稿件，以及正式出版的《北島詩選》（1986）間之字句差異做過詳細校註及繫年；這個考訂的結果，是我們討論一九七〇至一九七八年北島初期創作的最主要依據。

公司，1996），頁 149。

[13] 北島〈附錄：北島寫作年表〉，《零度以上的風景》，頁 150。

[14] 北島〈附錄：北島寫作年表〉，《零度以上的風景》，頁 149。

[15] 杜博妮〈朦朧詩旗手──北島和他的現代詩〉，《九十年代月刊》總第 172 期（1984/05），頁 94。

第一節　入門：構築樂土

　　北島在一九六九年成為建築工人，一九七○年開始寫作新詩，當時文化大革命還沒進行到一半，北島已對這場革命失去了熱情[16]；對他而言，在白洋淀和北京各個文學「圈子」間遊走，顯然比整肅異己和熟習工藝來得重要[17]。雖然把寫詩的起點安放在一九七○年，但北島自己也說不清，究竟是如何開始創作新詩的[18]。詩人創作的初衷或許是探尋作者意向的線索，可是，連北島都無法講述這件事，我們自然也不可能比詩人本身更有把握。當創作的「如何開始」已成為無謂的問句，那麼更專注於文本，追索北島如何藉著詩表達自己，及其在語言中蛻變的歷程，將是深入北島一九七八年以前詩作唯一的路徑。

　　北島一九七○和一九七一年的創作，已然和創作的起點一樣，消失在動盪的時代和風化的記憶裡。北島的證詞和歷來的考究，使得那些少作被尋回的機會更是微乎其微；跟文獻缺口相對的研究缺口，自然成為論述上的困躓。幸好，《北島詩選》所透露的編選意志，仍然給了北島詩歌研究以一九七二年為起點的可能。

---

[16] 杜博妮〈朦朧詩旗手──北島和他的現代詩〉，《九十年代月刊》總第 172 期，頁 94。

[17] 鄭先〈未完成的篇章〉，收入劉禾編《持燈的使者》（香港：牛津大學出版社，2001），頁 95。

[18] 北島、唐曉渡〈我一直在寫作中尋找方向──北島訪談錄〉，《詩探索》2003 年 3-4 期（2003/12），頁 166。

　　對照由北島主導的《北島詩選》和偏向史料考訂與挖掘的《被放逐的詩神》之收錄篇章，北島在編輯個人詩選的過程中，確實運用了作者的選稿權，將部分少作排除在集子之外，這個「排除」的動作，是再明顯不過的自我評價了。姑且不論一九七〇、一九七一年的作品是否因時代之便而被迫「消失」，又或者彼時散佚的詩作著實是永遠不可挽回的遺憾，北島在編輯成品裡展現的作品序列，終究是詩人掂量自己詩作後的選擇。再者，從油印的民刊《今天》到官辦詩刊，再到收入《北島詩選》，北島持續地修飾舊作，致使同一詩篇隨著版次的不同而出現或大或小的差異版本。是以，就算擁有北島歷年的詩作，然則能否掌握北島詩作的所有版本，仍是個令人置疑懸宕。儘管現有詩集和詩作並非完整的一九七〇至一九七八年「北島詩全編」，但以貫徹著北島意志的《北島詩選》為主要梗概，並參照史料考訂與整理性質濃厚的「善本」——《被放逐的詩神》，透過北島的自我評價蠡測其早期詩作的風貌，無疑是更為合理且切近詩人之思的可行之道，即便一切的追索僅能從一九七二年開始。

　　一九七二年，文革第六年，政治頌歌裡許諾的未來，仍是以不斷革命的信條和永無休止的鬥爭來推進時間，所謂的願景便是在這些信仰內使社會主義逐漸完美。面對無法與當下困局區隔開來的（絕望的）未來，「誰期待，誰就是罪人」[19]，北島選擇背過紛擾的世事，轉身回歸內心的田園，並在一九七二年的詩作中構築一場融冰的春天。混合著坦然的語言和溢於言表的熱情，此刻的一九七二年沒有文化大革命的烏煙瘴氣和社會主義的教條訓

---

[19] 北島〈明天，不〉，《北島詩選》（廣州：新世紀出版社，1986），頁94。

誠；退回到與文明發展相左的自然之境，北島憑著赤子之心，打造自己的詳和小宇宙。一九七二年版本的〈你好，百花山〉是北島對這個美麗世界最初的勾勒。

跟隨北島的筆觸走進白雪皚皚的「百花山」，沿著蓊鬱的林間小路往冰雪覆蓋的山頂前行，呼吸的吐納和蒼鷹的怪叫更加突顯山林的靜謐。由斷路、古松及冰凌塑造的懸疑寒冷氣氛，很快就被雪地裡盛放的「無數不肯報名的野花」[20]消融，全幅山水的色調從寒冬的灰白轉趨暖春的繽紛。在樹蔭間追逐過陽光、把鮮花採摘滿懷的北島，情緒更加高昂：

> 我猛地喊了一聲：
> 「你好！百——花——山———」
> 「你好！孩——子——」
> 回音響自遙遠的瀑澗
>
> 這回音多麼真切呵，
> 大自然的慈祥使我深深不安，
> 淚水順著面頰緩緩淌下，
> 浸潤了孩子久已乾涸的心田。[21]

百花山的真切回應，讓北島心中的小孩在此得到暫時的慰藉。儘管在詩的末節，母親輕柔地呼喚：「該起來了，孩子。」[22]暗示著前述詩行可能僅僅是場夢，不過這並不影響北島在「百花山」裡所

---

[20] 北島〈你好，百花山〉，收入李潤霞編《被放逐的詩神》，頁383。
[21] 北島〈你好，百花山〉，收入李潤霞編《被放逐的詩神》，頁383-384。
[22] 北島〈你好，百花山〉，收入李潤霞編《被放逐的詩神》，頁384。

伸展的情志，相反地，如果百花山的描繪真是南柯一夢，其實更加強了北島遠離塵囂的渴望。

〈你好，百花山〉的梗概並不難掌握，可是這首彷若登山記趣的創作，實在不像足以提至美學層面加以評判的作品。只消觀察全詩的第一節：「潔白……冰凌……雪地，／斷路……石松……峰巒，／啊，多麼壯麗呀，／——百花山！」[23]冗長的刪節號或許想表現面對高山的澎湃心情，然而調性駁雜的三詞一組，並沒有精準地傳達出這層意蘊，反倒使得這些本該壯麗的形容，比較接近辭不達意的結巴。看見了情緒卻讀不出辭采，北島的詩藝還有待磨練。〈你好，百花山〉的美學討論雖然可免，但就創作歷史來談的意義釐訂，則不容錯過。以抒情為基調，並沿著某件事物借題抒懷，是北島一九七二年作品常見的寫法，〈眼睛〉（1972）、〈我走向雨霧中〉（1972）、〈五色花〉（1972）和〈微笑・雪花・星星〉（1973）等等描寫自然風物的詩作，皆不脫此範疇。而類似〈你好，百花山〉，抽離了成人的、「文明」的文革背景，以孩子的天真爛漫構畫一個又一個的春天，則是一九七二年最為顯眼的系列。從這些描寫「春天」的詩作裡，一一拼湊北島對春天所投注的情感，實能得到一幀北島的牧歌意象。

和〈你好，百花山〉一樣，〈真的〉（1972）也是首描寫春天的詩，只是這次離開了山林來到水邊。冬日的冰封逐漸解除，裂解的冰層「在咒罵聲裡分崩消融」[24]，而已經化水的冰則有水漂兒留下的朵朵漣漪。又是幅寫意的春臨大地，北島在此說出了春天的意義：

---

[23] 北島〈你好，百花山〉，收入李潤霞編《被放逐的詩神》，頁383。
[24] 北島〈真的〉，收入李潤霞編《被放逐的詩神》，頁395。

真的，這就是春天呵，
狂跳的心攪亂水中的浮雲
春天是沒有國籍的，
白雲是世界的公民。

和人類言歸於好吧，
我的歌聲。[25]

這些詩句直白得不用一一注釋，「真的」被融融春光所打動的詩人腦袋，最後只找出「國籍」和「公民」作為消弭人為界限的表達。這兩個略顯突兀的字眼應該不是簡單的思考與表達誤差，從意義闡釋的角度加以解讀，「國籍」和「公民」此二種與生俱來的身分，一定給了北島極大的壓迫，以致於自由空間的尋找得從這兩者下手。透過對無私大自然的禮讚，從而觸發脫離人性糾結的思考；轉向遼闊晴空，在融冰的春天裡自信放歌的北島，頗有陶淵明「田園將蕪胡不歸」的況味。

雖然著意勾畫冰雪消融的春景，但不論在山區或是水域，都顯出北島正在尋求一個能夠安放心靈的淨土。〈你好，百花山〉裡唯一的成人是溫柔慈祥的母親，自瀑澗返響的回音只為呼應孩童純真的叫喊，而當這個理想可能僅是發生於「夢土」時，其所透露的虛幻，實是出於北島對追尋的猶豫。直到〈真的〉，詩人在此中找到平息內外衝突的理由，自主地選擇成為大自然──無界之國──的子民；唯有在這樣卸除了人偽歸於「自然」的安全地帶，北島才能放鬆對「人類」的戒備、放心高歌。北島在這個

---

[25] 北島〈真的〉，收入李潤霞編《被放逐的詩神》，頁395。

足以安頓的心靈之境，找到無限感動，繼而於一九七三年寫出他浪漫的春天最極致的境況，那是獻給妹妹二十歲生日的〈小木房裡的歌〉：

> 為了你，
> 春天在唱歌。
> 草綠了，花紅了，
> 小蜜蜂在酒漿裡蕩槳。
>
> 為了你，
> 白楊樹彎到地上。
> 松鼠竄，杜鵑啼，
> 驚醒了密林中的大灰狼。[26]

透過這些簡單的字詞，北島營造了童話般的場景，親暱的語氣對應著與妹妹之間的親情，這首為了妹妹而作的詩，是北島「他蘸著心中的紅墨水」所「寫下的歪歪斜斜字行」[27]。擬人的語法雖然讓春天裡的萬物增添了動感，但相對來說，這也是讓〈小木房裡的歌〉顯得「歪歪斜斜」的主因。不過，揣摩北島的意思，「歪歪斜斜的字行」所提醒的，應該是要我們對這首詩裡從未點明的「孩子」給足關注；映襯著勤勉的蜜蜂、奔跑的松鼠和睡眼惺忪的大野狼等等，這些童話故事中的固定班底，北島家這對

---

[26] 北島〈小木房裡的歌〉，收入李潤霞編《被放逐的詩神》，頁 379。

[27] 原詩句為「他蘸著心中的紅墨水，／寫下歪歪斜斜的字行。」北島〈小木房裡的歌〉，收入李潤霞編《被放逐的詩神》，頁 380。

「小」兄妹的形象也就呼之欲出。沒有冰雪和眼淚，也沒有無謂的爭執和自我意識的迷惘，北島所追求的靜謐小宇宙至此完整呈現。

　　然而，北島也不總是對躲在春天的小木房裡感到自在的。在〈雲呵，雲〉（1972）中，北島描繪拒絕「雪女王的邀請」而蒸騰為雲朵的水氣，從成形到化歸無形的過程。屬於大自然一部分的雲氣，仍然像「春天」一樣寬大為懷，為炙熱沙洲上的小艾草遮蔽太陽，讓受傷的兀鷹以露水洗淨淌血的翅膀，甚至成為瘦小的孩子無盡幻想的源泉。與前面討論過的幾首詩相同，詩人近乎執迷地要讓贏弱與渺小的事物永遠籠罩在呵護和珍愛的氛圍裡，可是到了此詩的結尾，北島敏感的情懷有了一個微妙的轉化：

> 縱使閃電把你放逐，化作清水一泓，
> 面對天空，你也要發出正義的回響。[28]

把落雨之聲以「正義」來形容，這首看似柔軟的大自然詠嘆，霎時被賦予嚴肅的使命。此處由柔軟而剛強的頓挫，其實在〈真的〉就曾出現過，將「你也要發出正義的回響」跟「春天是沒有國籍的，／白雲是世界的公民」兩段進行對照，它們是出自相同的掙扎。北島固然樂意從嘈雜的革命中脫身，待在自己的小宇宙裡觀雲戲水、蒔花弄草，只是根植於人格的涉世情懷，總讓他在歸向田園之時，留下／洩露了一些不夠純粹的「田園修辭」。

---

[28] 北島〈雲呵，雲〉，收入李潤霞編《被放逐的詩神》，頁 394。

第二節　轉折：重裝上陣

一九七二年，北島之「詩」與「思」都是透過或隱或現的孩子來陳述。選擇「孩子」的心靈／年齡視野為自己代言，一方面是盱衡自己與社會控制的角力，北島自覺像孩子般無助與無辜，藉著童言童語，已經長大的北島還是可以攫取一個任性提出要求的機會。而另外一個積極的動機，是著眼於現實社會的；還有什麼比孩子的天真爛漫，更適合用來頑抗／反制文革的「文明」壓制？只是抽離了文革背景之後，在田園想像裡恣意勾勒春天的北島，還不時援用家國責任與道德判準的語詞來比附春光，看來，樂土並非真正的無憂之境，在樂土中的逆向省思，反令北島得以洞悉自己渴望回歸田園的根本因素和推力所在。這道艱深的問題，在一九七三年的〈告訴你吧，世界〉被正式提出。

在〈告訴你吧，世界〉的這個「世界」裡，「冰川紀過去了，／為什麼到處都是冰凌。／好望角已經發現，／為什麼死海裡千帆相競？」[29]而居處其間的北島，嘶吼著：「我不相信天是藍的，／我不相信雷的回聲。／我不相信夢是假的，／我不相信影子無形。」[30]同一年在〈小木房裡的歌〉創造出童話般美好春景的北島，轉眼間便已遠離了小蜜蜂和大野狼，站在冰凌和死亡交織的岬角，昂然說出：

---

[29] 北島〈告訴你吧，世界〉，收入李潤霞編《被放逐的詩神》，頁 420。
[30] 北島〈告訴你吧，世界〉，收入李潤霞編《被放逐的詩神》，頁 420。

哼，告訴你吧，世界，

我——不——相——信！

也許你腳下有一千個挑戰者，

那就把我算作第一千零一名！[31]

這首詩是後來成為當代詩史經典之作〈回答〉的雛形。追索初稿〈告訴你吧，世界〉（1973）與定稿〈回答〉（1976）之間的三年落差，自然是這一節討論的重點，然則在進入詩作思想的剖析之前，我們亟需解決的，是一九七三年北島之所以從〈小木房裡的歌〉走向〈告訴你吧，世界〉的原因。

　　貼近一九七二年的北島詩作，字裡行間所展現出的浪漫詩情，看上去總像是一種人類與生俱來的情緒展現；畢竟浪漫的因子，本來就存在於人類的心智之中，就北島而言，在未深究浪漫主義的狀況下，寫出近似浪漫主義的抒情之作，並不是不可能的事。不過「抒情」和「浪漫」僅僅是浪漫主義的外在特徵，細究北島與浪漫主義的內在精神，此二者間，還有更深一層的連結。

　　對照十八世紀的浪漫主義者以及北島那一代年輕詩人所處的社會現實，兩者分享著近似的社會情境。浪漫主義的興起，是歐洲思想家反省第一次世界大戰的其中一環，用以攻訐崇奉古希臘美學標準的僵硬古典主義原則。反觀一九六〇、一九七〇年代之交的年輕一代中國詩人，總是思索著如何褪去毛澤東社會主義主導下凡事必與革命結合的創作原則，以拯救在文化大革命裡逐漸乾涸的心靈。兩個不同時空的年輕藝術家，皆試圖讓藝術的所有形式恢復表達個

---

[31] 北島〈告訴你吧，世界〉，收入李潤霞編《被放逐的詩神》，頁420。

人情感的彈性，表面上看來多愁善感的抒情和浪漫，實際上是改換藝術內涵及打破社會成規的手段。

　　這些誠摯敏感的心靈所代表的意義，是當眼下的準則已然腐朽、「前例」皆告破敗之時，「浪漫主義者所追尋的並不是一個藉以逃避的夢想世界，而是一個用以生活的現實世界」[32]，是以，他們總是懷抱著極大的熱情面對周遭的世界。「這些靈魂想要改變現實生活中他們不喜歡的那一部分，如果這部分現實不打算投降的話，至少要把他們的理想紀錄下來——這兩者都是重建進程中不可或缺的步驟」[33]。將此敘述對應至上一章節的推究，北島遠離紅衛兵詩歌的熟爛套語、革命詩歌的宏大敘述，以及「延安講話」的僵硬指令等行徑，其實都是為了從餵哺他長大的文學資本裡掙脫，去追尋更宜於人居的所在。北島那些以抒情開展的心靈之境，其本質便是一種與浪漫主義精神相契合的創作努力。

　　雅克・巴尊在《古典的、浪漫的、現代的》對浪漫主義者的描述是：「作為一個浪漫主義者，他的任務是通過尋找他自身以外的足夠寬廣、能夠包容他所有行為的實體來調和自己內部的矛盾」[34]。當北島在一九七三年，既創造了如〈小木房裡的歌〉那樣極致的春天，卻也在〈告訴你吧，世界〉寫出對當前社會的冷峻控訴，這意味著北島無法像從前一樣，悠遊於浪漫的田園風光，那兒的環境已不再使他感到自在。曾經只令詩作看來唐突的「國籍」、「公民」和「正義」等等，取代了那場孩子氣的春天，躍居北島的思考中心，

---

[32] 雅克・巴尊著，侯蓓譯《古典的、浪漫的、現代的》（南京：江蘇教育出版社，2005），頁 52。

[33] 雅克・巴尊著，侯蓓譯《古典的、浪漫的、現代的》，頁 14。

[34] 雅克・巴尊著，侯蓓譯《古典的、浪漫的、現代的》，頁 50。

雅克・巴尊所言之浪漫主義者的使命，解釋了北島由浪漫主義的抒情出走，轉向浪漫主義裡較為積極的一面。

　　積極浪漫主義者的代表，是拜倫和雪萊；儘管北島不打算像他們一樣擘畫「真正」的流血衝突，只把「革命」的內容限定於自己的內心世界和詩行，然而，北島在初試身手的〈告訴你吧，世界〉，還是表現出積極浪漫主義者特有的狂熱：

> 卑鄙是卑鄙者的護心鏡，
> 高尚是高尚者的墓誌銘。
> 在這瘋狂瘋狂的世界裡，
> ──這就是聖經。
> ……
> 我憎惡卑鄙，也不稀罕高尚，
> 瘋狂既然不容於沉靜，
> 我會說：我不想殺人，
> 請記住：但我有刀柄。[35]

一旦決定「告別了，／童年的伙伴和彩色的夢，」[36]從田園出走，北島很快地脫去稚氣，長成血氣方剛的青年，甚至，還揣上了刀。可是握著的刀柄究竟要向著誰？在卑鄙者以卑鄙苟活、高尚者以高尚凋零的瘋狂世界裡，殺了舉國之中該殺者，到底只是個痴想；而對在文革、饑荒、上山下鄉中已有數不盡死傷的中國來說，以死為要脅卻是個無關緊要的選項了。北島在控訴、宣戰和一連串質疑之後，還是只能揣著刀子。這把刀到底要刺向何方才能造成

---

[35] 北島〈告訴你吧，世界〉，收入李潤霞編《被放逐的詩神》，頁 419-420。
[36] 北島〈冷酷的希望〉，收入李潤霞編《被放逐的詩神》，頁 400。

預期的效果，恐怕連北島自己，都不太清楚。〈告訴你吧，世界〉裡的那一柄刀，令北島徒有張牙舞爪拒絕馴服的狠勁，卻又同時對自己的力量和張狂顯得手足無措。直到〈回答〉（1976）的出現，才扭轉了這場尷尬。

概括現前對舉世名篇〈回答〉的共識，大致不出：北島「參加了一九七六年四月五日的天安門運動，就在此時，他寫下了最為傳誦的詩作〈回答〉」[37]。不過，因著一九七三年〈告訴你吧，世界〉的存在，前述之「『寫下』最廣為流傳的詩作〈回答〉」，便顯得內幕重重。〈回答〉不是一氣呵成的全新創作，促使北島將原作修訂成最後定稿的原因，間接影響了一代人的革命意識。這首震撼了一代人心靈的〈回答〉，更以不可取代的篇幅，盤踞著眾多文革知青和詩人若干年後世面的回憶錄。

在北島將〈告訴你吧，世界〉改寫為〈回答〉之前，〈結局或開始──給遇羅克烈士〉的初稿在一九七五年率先問世。「遇羅克」的出現，對〈告訴你吧，世界〉和〈回答〉而言，起著非常微妙的作用。北島的一九七三、一九七四年，一直盤桓於〈告訴你吧，世界〉的手足無措和茫然。當「脆弱的蘆葦在呼吁：／我們怎麼來制止／這場瘋狂的大屠殺？」[38]之時，北島只是虛弱地考慮：「也許／我們就這樣／失去了陽光和土地，／也失去了我們自己。」[39]而「終於／雷聲也喑啞了。／／黑暗／遮去了骯髒和罪惡，／也遮住了純潔的眼睛。」[40]此時生命的內容，不過是〈太陽城札記〉裡那張著名

---

[37] 杜博妮〈朦朧詩旗手──北島和他的現代詩〉《九十年代月刊》總第 172 期，頁 94。

[38] 北島〈冷酷的希望〉，收入李潤霞編《被放逐的詩神》，頁 403。

[39] 北島〈冷酷的希望〉，收入李潤霞編《被放逐的詩神》，頁 403。

[40] 北島〈冷酷的希望〉，收入李潤霞編《被放逐的詩神》，頁 405。

的生活之「網」[41]。直到一九七五年，北島想藉著〈結局或開始〉為「那個悲憤的年代裡我們悲憤的抗議」[42]留下紀錄的那刻，由遇羅克引發的思考才令北島重新斟酌自己在現實世界的位置。

　　李潤霞將《被放逐的詩神》裡所考察的、自一九八〇年《今天》第九期上轉錄出來之〈結局或開始〉，依當時的詩末附註，視此詩為一九七五年的初稿。不過，只要注意到北島一九七〇年代的寫作習慣，就會懷疑——如今保存的樣貌絕非此詩的初稿！它比較可能是在初稿的基礎上完成修訂的「定稿」，但保有初稿的創作日期。這個判斷，基於一項重要的發現：北島一九七〇年代的諸種寫作習慣，最明顯的一項就是標點符號（重新收錄進《北島詩選》時，北島偶爾會刪去句末標點），《被放逐的詩神》裡所收錄的一九七二至一九七七年的北島詩作，只有這首〈結局或開始〉的句末沒有標點。還有，在一九七〇年代，北島的長詩，通常是以組詩的方式呈現，或以數字連綴，或以小節名稱為依歸，〈冷酷的希望〉（1973）、〈太陽城札記〉（1974）、〈陌生的海灘〉（1977）皆如此，而〈結局或開始〉這首長達八十三行、共十一節的長詩，卻沒有依循這個習慣，要將它視為一九七五年的初稿，便顯得牽強又可疑。況且李潤霞收錄於《被放逐的詩神》之〈結局或開始〉與後來北島放進《北島詩選》的作品，只有附註及兩個形容詞之差；北島最終將這首詩放入《北島詩選》的「輯二」（一九七九至一九八三年），其所根據的應該是最後定稿的時間。

　　〈結局或開始——給遇羅克烈士〉的一九七五年版本或許已不可見，不過在一九八一年正式發表時，北島於詩末附註寫道：「這首

---

[41] 北島〈太陽城札記〉，收入李潤霞編《被放逐的詩神》，頁 412。

[42] 北島〈結局或開始——給遇羅克烈士〉，《上海文學》1980 年第 12 期（1980/12），頁 48。

詩初稿於一九七五年。我的幾位好朋友曾和遇羅克併肩戰鬥過，其中兩位朋友也身陷囹圄，達三年之久。這首詩記錄了在那個悲憤的年代裡我們悲憤的抗議」[43]。是以，無論這首詩完成於何時，這則附註的內容提醒著，從初稿到完稿，其所欲紀錄的精神不曾改變，而這個貫徹其間的不變精神就是我們憑以追溯北島一九七五年——寫下〈回答〉的前一年——想法的線索。除了〈結局或開始〉，〈宣告〉是另一首給遇羅克的獻詩，雖然它沒有給出任何關於初稿或定稿的註腳，然而「給遇羅克烈士」的題記，說明了〈宣告〉亦是悲憤年代裡悲憤抗議的一部份，因此「遇羅克」所造成的影響，得由〈宣告〉和〈結局或開始〉兩篇作品互相補充才算完整。

遇羅克在一九六七年因一紙挑戰制度的〈出身論〉而下獄，一九七○年被處以極刑。北島雖未參與其中，但遇羅克的遭遇顯然打動了詩人。兩首獻給遇羅克的〈結局或開始〉和〈宣告〉，並不以遇羅克及〈出身論〉事件為主角／主題，但其忠於自我的反抗精神，卻帶領著北島和他的詩走出青澀的迷惘，勇於以自己的力量干預當前並不完美現實。而走出迷霧，選擇「在沒有英雄的年代裡／我只想做一個人」[44]的過程，就是〈結局或開始〉裡所講述的心靈轉折。

〈結局或開始〉以「給遇羅克烈士」為題目的一部分，不過詩中的「我」操持的，卻是北島的口音：「我，站在這裡／代替另一個被殺害的人／為了每當太陽升起／讓沉重的影子像道路／穿過整個國土」[45]。北島自覺地接替了遇羅克遇害後所留下來的空缺，擔負

---

[43] 北島〈結局或開始——給遇羅克烈士〉，《上海文學》1980 年第 12 期，頁 48。

[44] 北島〈宣告——給遇羅克烈士〉，《人民文學》1980 年第 10 期（1980/10），頁 33。

[45] 北島〈結局或開始——給遇羅克烈士〉，《上海文學》1980 年第 12 期，

起迎向太陽、爭取自由的責任，企圖以自己的影子抵擋眩目的陽光，為微乎其微的後繼者換取幾個清醒的片刻。反抗精神的可貴之處，一部分是它無私的奉獻精神以及敢為天下先的勇氣，另一部份，則是源自於它的風險，遇羅克之死，便是所有風險的最終形式。北島在繼承遇羅克反抗精神的同時，亦一併承接了反抗精神所附加的風險，面對這樣如影隨形的生存威脅，北島這麼說：

> 必須承認
> 在死亡白色的寒光中
> 我，戰慄了
> 誰願意做隕石
> 或受難者冰冷的塑像
> 看著不熄的青春之火
> 在別人的手中傳遞[46]

面對死亡的恫嚇，北島既猶豫又戰慄，可是放眼望去，此刻的中國已不容許生命以成為一個「人」的最低限度存在；寧靜的黃昏或春天裡的蘋果樹，只配在夢或傳說之中尋找，而在生活中保持純真的人際關懷「如今成了做人的全部代價」[47]。不甘於人的存在只淪為棋子或鏍絲釘般的工具意義，北島決定奪回主宰自己命運的權力。憑這股從自我意識迸現的勇氣，穿越死亡的幽谷，生命的韌性也得到了延展，當北島再一次說出：

頁 48。
[46] 北島〈結局或開始——給遇羅克烈士〉，《上海文學》1980 年第 12 期，頁 48。
[47] 北島〈結局或開始——給遇羅克烈士〉，《上海文學》1980 年第 12 期，頁 48。

> 我，站在這裡
> 代替另一個被殺害的人
> 沒有別的選擇
> 在我倒下的地方
> 將會有另一個人站起[48]

此意味著生或死的焦慮已不再是困擾，北島已經做好了殉道的準備。雜糅在這個段落中的希望與絕望，使得北島這首抒情詩即使政治，卻異常動人。縱然明白中國的超穩定政體並非一句話、一首詩或者一條人命所能撼動的，但為了生命的意義和存在的價值，仍值得以生命為賭注，換取更多後來人的覺醒。如此傾注於一個幾無成功希望，卻正義凜然的信念；「雖千萬人，吾往矣」，是悲劇英雄無可逃脫的宿命，無可奢望成功的北島，只企求：

> 如果海洋注定要決提，
> 就讓所有苦水都注入我心中；
> 如果陸地注定要上升，
> 就讓人類重新選擇生存的峰頂。[49]

一九七六年的〈回答〉已不再是〈告訴你吧，世界〉那種無可宣洩的怒吼，這個接續在「我——不——相——信！」之後、從「我有刀柄，但我不想殺人」轉化而來的詩節，是北島但願以他一人之意志抵消一代人的苦難與不幸，因政治而犧牲的命運將到此為止。往

---

[48] 北島〈結局或開始——給遇羅克烈士〉，《上海文學》1980 年第 12 期，頁 48。

[49] 北島〈回答〉，收入李潤霞編《被放逐的詩神》，頁 419。

後，所有的中國人都能因自由選擇生命的道路，而展露蘊藏在「未來」意義中的無限活力。

　　再次於〈宣告〉中出現的悲劇英雄，補充了北島對毀滅性災難的超越以及對存在價值的信仰：

> 寧靜的地平線
> 分開了生者和死者的行列
> 我只能選擇天空
> 決不跪在地上
> 以顯出劊子手們的高大
> 好阻擋那自由的風[50]

從前只用以舖墊兒童的純真和人性之良善的「天空」與「風」，在重新定義過的詞域裡，映照出自由之於中國土地的深沉價值。北島不斷吟哦的「我並不是英雄」、「我只想做一個人」，這看似卑微卻堅定不移的要求，實是中國當局不擇手段扼殺的「異議」，一如詩行間牴觸著革命者身影的殺戮手勢。在無以為「人」的現實社會裡，的確不需要英雄；無視於政治意識型態的壓迫，執意追求成為一個獨立而完整的「人」，便是十足的英雄情操。而以孤身一人對抗龐大國家機器的無奈，更加深了其中的悲劇色彩。

　　從〈告訴你吧，世界〉、〈結局或開始〉、〈宣告〉到〈回答〉的舖陳，對北島來說，不僅僅是單純的「政治宣言」。只要我們還記得北島在寫詩之初是浪漫多情且偏於幼稚的，就該讀出這四首詩之於北島，是他離開夢幻田園之後，從領悟到自身的欠缺、對現實環境

---

[50] 北島〈宣告──給遇羅克烈士〉，《人民文學》1980 年第 10 期，頁 33。

感到焦慮，以至於無視羈絆、創造內心自由的超越歷程——它們的核心精神實是「存在主義式」的。

經過了遇羅克的震撼教育及一九七六年四五天安門運動的刺激，北島改寫了〈告訴你吧，世界〉，以〈回答〉正式向中國政體提出詰問。〈回答〉之中明知不可為而為之的勇氣和精準地說出一代人苦悶的凝練，最終成為那「一代人」共同的語言，連帶著完成了北島富有承擔意識和人道關懷的英雄形象，以及幾年之後進入史冊的保證。

第三節　傷逝：黯然無語

北島雖然走出了田園，但這並不意味著離開浪漫主義「表現自我」的精神，相反地，前文所述及的，浪漫主義勇於干預現實、超乎常人地執著理想等等特質，皆是促使北島面對與內在現實格格不入之社會現實的動力。透過層層遞嬗的〈告訴你吧，世界〉、〈結局或開始〉、〈宣告〉和〈回答〉，北島的政治詩展現出承浪漫精神而來的抒情傾向，不過這些詩作裡令人印象深刻的淑世情懷和悲劇英雄氣象，卻是更多地表現了對存在主義「自我」的信仰。

浪漫主義和存在主義並非兩種互相衝突的概念，此二種思想同樣出現在令一代人信心崩潰的戰爭之後，志在以人文精神解決生存的難題。只不過，由於時空背景和文化語境上的差異，兩者面臨的細部問題和與之對應的解決方法理所當然地有所不同。觀察北島一九七二年前後的創作，其中的浪漫主義情懷，較多是根植於人類靈

魂的浪漫因子使然，而非對浪漫主義文本或理論的套用與借鑑。理論、文本參考的闕如，正好說明了即使北島與一個世紀之前的浪漫主義者分享了相同的情懷，但對於解決現世的問題，北島不可能成為一個嚴格意義上的浪漫主義者。真正適合北島和那一代人的，只有存在主義。從一九七三年以後一系列的政治抒情詩看來，當時流行於青年文學圈的存在主義氛圍，順理成章地填補了「浪漫主義」的思想與詩學空缺。

北島的一九七〇年代大抵浸潤在存在主義氛圍之中，只須概略地畫出北島及其交遊所行經的生活圈，便處處可見「存在主義」的蹤跡。北島自陳在成為建築工人後開始接觸文學類的「黃皮書」，「最初讀到的那幾本印象最深，其中包括卡夫卡的《審判及其他》、薩特的《厭惡》和艾倫堡的《人‧歲月‧生活》等」[51]。多多亦曾言及：「一九七〇年初冬是北京青年精神上的一個早春，……《麥田裡的守望者》……向北京青年吹來一股新風」[52]。由此看來，即使存在主義的文學特色並未在北島寫作之初就透出痕跡，不過就地下的青年思想圈對存在主義廣為接受的程度而論，存在主義無疑是北島改換言說方式的首選。

北島在浪漫田園裡所展現的自我僅止於抒情，抒寫那一派天真的一廂情願，當北島意識到田園並非最終的樂土，進一步大膽地將「抒情」的範圍延伸至現實社會之時，在〈告訴你吧，世界〉捨棄了天真無邪的假設，換上戒備的態度。除了自己的意志和握在手上那一柄刀，北島誰也不相信。一九七六年〈回答〉提出的，

---

[51] 北島、查建英〈北島〉，《八十年代訪談錄》，頁 57-58。

[52] 多多〈1970-1978 北京的地下詩壇〉，收入劉禾編《持燈的使者》（香港：牛津大學出版社，2001），頁 117。

對「真理」和政治的否定，以及對自由的求索，無疑是出自於存在主義的思考，尤其在沙特所定義的「虛無化」作用下，「存在主義是一種人的自由，不只是否定周圍的事物，使之虛無；而且更重要的是，通過這種虛無化，達到自我肯定，自我選擇——憑主觀意識對周圍事物的否定，為自己選擇一種最理想的存在方式，使自己隨心所欲地把自己的注意力投向所揀選的事物上」[53]。北島藉以表達「自我」的〈回答〉，正好契合了一代人對於自由的渴望，而北島對於自我的自覺與期許，亦在其詩作中呈現出特有的承擔意識。

說承擔意識是北島特有的，是因為當我們將目光投向與北島同時崛起的舒婷和顧城。顧城一九七〇年代的構思，大部分是以抒寫自然為主題，透過他敏銳的詩心轉化為脫俗的辭采。「黑夜給了我黑色的眼睛／我卻用它尋找光明」[54]，是顧城對他所從屬的那「一代人」給下的定義，這個稱謂此後便成為青年群體自我指涉的代號；而「朦朧詩人顧城」之於文革結束後中國現實社會的影響，亦僅止於此了。另一個並列於「朦朧詩」頭銜之下的詩人舒婷，在「面對當時社會、詩歌情勢，舒婷也願意去承擔『重大主題』，雖說這類得到讚賞的作品非她所長」[55]。

舒婷在〈一代人的呼聲〉（1980）裡，有著與北島相似的神采，矢志「站在廣闊的地平線上，／再沒有人，沒有任何手段／能把我

---

[53] 高宣揚《存在主義》（臺北：遠流出版事業股份有限公司，1993），頁229。

[54] 顧城〈一代人〉，顧工編《顧城詩全編》（上海：上海三聯書店，1995），頁113。

[55] 洪子誠、劉登翰《中國當代新詩史（修訂版）》（北京：北京大學出版社，2005），頁195。

重新推下去。」[56]只是昂然而立之後的舒婷卻有著和北島大不相同的訴求。對舒婷來說，加諸於她的死亡、禁錮或者贖罪般的勞作，都是她能夠容忍的個人悲劇，但民族神話破滅後的歷史敘述懸缺，讓舒婷擔心著無數「個人」的悲劇，無從教育並警誡著未來的家國繼承者，是以「為了百年後天真的孩子；／……／為了祖國的這份空白，／為了民族的這段崎嶇，／……／我要求真理！」[57]這裡的「真理」意味著如實記載的「真相」，而「真相」的內容便是一代人已經歷過，且已完成了的犧牲；對於未來，舒婷仍然期待著由「祖國」──合法的撰史者──來應許「要求」。

　　從「我」出發，並將眼光投向國族的大歷史，是舒婷在面對重大主題時的慣常筆法，除了〈一代人的呼聲〉以家國血淚史之於後繼者的重要性作結，〈土地情詩〉（1980）和曾被編入中學語文課本[58]的〈祖國啊，我親愛的祖國〉（1979）所表達的，則是接受祖國餵養的子民與土地血脈相繫、榮辱與共的情懷。儘管在國族歷史或民族情懷這類龐大敘述裡，個人所受到的傷害總不可避免地顯得渺小，苦難之體積亦無可厚非地縮略為歷史冰山的一小角，但舒婷試圖在詩作中調合這兩種漸行漸遠的情緒，以個人的苦難為國族的意義綰合看似不相容的政治對立，至於詩中所勾勒的期待和呼籲，則同時是針對政治情勢而提出的溫和要求以及面向個人遭遇的同情與安撫。舒婷的政治關懷在巧妙閃避針鋒相對的議題之後，還能為無數的「個人」找到了犧牲的價值。

---

[56] 舒婷〈一代人的呼聲〉，收入非馬編《朦朧詩選》（臺北：新地出版社，1988），頁 17。

[57] 舒婷〈一代人的呼聲〉，收入非馬編《朦朧詩選》，頁 18-19。

[58] 洪子誠、劉登翰《中國當代新詩史（修訂版）》，頁 194，註釋 4。

　　反觀北島的筆觸，雖和舒婷一樣從「自我」的意志和感受出發，但卻是朝著質疑家國歷史之於個人的意義走去，加強「自我」對政治情勢的干預。面對一代人共同的迷惘和失落，北島承認家國意義之於一代人的疏離，進而在〈回答〉裡承擔起為一代人發聲的責任，表達出「我不相信」的猶疑和痛苦；其於〈結局或開始〉所訴說的：「在我倒下的地方／將會有另一個人站起」，更是詩人願意憑自身的犧牲啟蒙後繼者，以延續突破政治圍籬的使命。這個誠實表白的自我，說出了大部分人無處發作的忿悶，因著時代的壓抑激起了強大的共鳴；而這個共鳴亦反過來加強北島政治詩中，集啟蒙與破壞於一身的「我」與悲劇英雄的身影聯結，以天下為己任的承擔意識透過這一系列的政治抒情詩表露無遺。

　　〈回答〉最後一節裡寄望著未來的期待語氣，雖然抵消了這首詩本該一以貫之的、存在主義式的對自身以外的世界保持絕望，不過，到了一九八〇年代，北島在定稿的〈結局或開始〉以及〈宣告〉便再也沒有先前的失誤。〈結局或開始〉在開篇就預期了自己可能的死亡，〈宣告〉說的則是「也許最後的時刻到了／我沒有留下任何遺囑／只留下筆，給我的母親」[59]，對於共和國的未來，北島並不期望自己的犧牲能夠撼動它堅實的傳統，但死亡卻也不是阻擋他矢志成為一個「人」的羈絆。〈告訴吧，世界〉和〈回答〉是北島思考社會現實的開始，定稿後的〈結局或開始〉和〈宣告〉則總結了一九七三年以來北島的政治思考，這四首旗幟鮮明的政治抒情詩，將北島推向一九七〇年代末期至一九八〇年代前

---

[59] 北島〈宣告──給遇羅克烈士〉，《人民文學》1980 年第 10 期，頁 33。

期詩歌英雄的位置。直至一九八九年，北島流亡海外的原因亦歸咎於這些感染力強大的詩篇。

由於覺察自身存在的欠缺，進而萌生積極解決生存焦慮的實踐力量，是存在主義的核心價值，在北島一九七三至一九七六年政治思考步步成形的詩作中，這個存在主義的實踐意義，總是以難以掩蓋的「承擔意識」躍居論述的中心。只是自一九八三年由徐敬亞〈崛起的詩群──評我國新詩的現代傾向〉[60]在朦朧詩論爭裡引起關於現代主義的爭執開始，同為現代主義思潮的「存在主義」卻從未被納入這一連串的討論之中。徐敬亞〈崛起的詩群〉將朦朧詩與現代主義連繫的結果，是使得「現代主義」成為論爭中兵家必爭之地。於此時迸發的現代主義之於朦朧詩潮的論述，主要呈現為兩種路向：（一）只以「朦朧詩」為點燃論戰的引信，且無視於「現代主義」的龐雜內容，將之統合為「一個」與現實主義抗衡的主義思想，其所耗費的巨大篇幅，全為了討論現代主義與現實主義的對立或共生而來；（二）僅就風行於五四運動時的現代主義一支──象徵主義──探討朦朧詩的意象運用以及象徵世界的營造，並將之認定為是一股前有所承的復興詩潮。由此顯見，朦朧詩作中的「存在主義」元素／成份，是眾詩論家略過不談的議題。

一九八一年北島難得地在《上海文學》發表了自己的創作觀，開篇的第一句：「詩人應該通過作品建立一個自己的世界」，幾乎給足線索，令評論者得以運用象徵主義的觀點，來詮釋詩句所指

---

[60] 徐敬亞〈崛起的詩群──評我國新詩的現代傾向〉，收入壁華、楊零主編《崛起的詩群──當代朦朧詩與詩論選集》（香港：當代文學研究社，1984），頁97-129。

涉的象徵世界；然而接下去的幾句：「這是一個真誠而獨特的世界，正直的世界，正義和人性的世界。……應該允許別人的道理存在，這是自己的道理得以存在的前提」[61]，北島卻又將象徵世界的基石放回正義和人性之內。不管是蒙太奇手法的運用，還是瞬間意識的捕捉，即使它們所欲營造的世界是架構在象徵手法之上的，然而，存在主義對人性的尊重和自我的張揚，才是朦朧辭采背後最終意義的所在。少了這個環節的詮釋，不僅北島詩作中的承擔意識和英雄氣概與象徵主義的超然絕俗格格不入，就詩人的創作歷程來看，將這些政治抒情詩視為一個突如其來的大爆發，實際上是無視一九七〇年代仍處於創作初期的北島，努力探索創作主題、進而從浪漫情懷轉向社會關懷的蛻變過程。如此「理所當然」忽略的結果，就是陳超在〈北島論〉談及「北島－存在主義者」的聯繫時，將其存在主義代表作推遲至一九八〇年代的〈觸電〉和〈履歷〉。

存在主義在北島詩作中的比重，從一九七三年〈告訴你吧，世界〉開始逐步加強，遇羅克之死讓北島觸及「存在」的深度，於是有了一九七六年的〈回答〉；不過在〈回答〉之後，北島這類直指社會現實的詩篇，卻因著妹妹的驟逝而猝然凍結。失去親人是比家國未來更切近己身的哀慟，北島收起了向外開放的關懷，回到自己的世界裡與悲傷周旋。再度從現實世界抽身，北島卻回不了一九七三年〈小木房裡的歌〉的明朗，面對妹妹年輕生命的驟然消逝，北島將他措手不及的錯愕散射在一九七七年的〈一切〉：

---

[61] 北島〈我們每天的太陽（二首）〉，《上海文學》1981 年 05 期（1981/05），頁 90。

> 一切都是命運，
> 一切都是煙雲。
> 一切都是沒有結局的開始，
> 一切都是稍縱即逝的追尋。
> ……
> 一切希望都有注釋，
> 一切信仰都有呻吟。
> 一切爆發都有片刻的寧靜，
> 一切死亡都有冗長的回聲。[62]

即使在這首詩中沒有留下任何關乎妹妹的隻字片語，但字句間隱微而低迴的感傷卻滲透著對生命和存在的詰難；死亡的冗長回聲從此長駐在北島的詩行，至於命運，似乎將北島早前對生活失卻重心的迷惘，翻新成生命裡總是找不著美好結局的失落。「冷峻」和「孤獨」的北島關鍵詞，亦是這場與「存在」意義相反的死亡體驗在北島新詩質地裡留下的疼痛刻痕。

即使浪漫時期的北島就有〈星光〉（1972）和〈你是夜晚的一部份〉（1973）之類，描寫與情人告別的作品，但那時的「告別」僅僅傳達了字面上的意思，並沒有深層的震動穿透文字直達讀者內心；一九七七年後的抒情之作，北島才真正能夠不露痕跡地，將離別的傷感與失落的情緒渲染在詩行間，許多乍看之下的愛情詩，例如：〈一束〉（1977）、〈是的，昨天〉（1977）和〈路口〉（1977）等，其中的此離者實都帶有死生契闊的遺憾。北島極為克制地不讓情詩浸泡在

---

[62] 北島〈一切〉，收入李潤霞編《被放逐的詩神》，頁 423。

過多的悼亡愁緒裡，只有藉〈夜晚〉（1977）若有似無的夢境悄悄偷渡著對妹妹的思念：

> 悲哀一滴一滴敲打著夢境。
> 牆上的鐘停止了，
> 窗帘遮蔽了烟霧般的時辰。
> ……
> 突然，早年的歡樂像鐘
> 敲響了，敲響了
> ——桌上綠色的花瓶。
> 我聽見了，那是你的笑聲……
> 是笑聲，是風，
> 吹開沉重的窗帘
> 透露了光明輕率的足音。
> 在無數個噩夢之後，
> 到來了一個清冷的早晨。[63]

詩中的「你」的笑聲，將北島從既憂傷又驚恐的夢境之中拯救出來，一如在〈小木房裡的歌〉那束為了妹妹珊珊而漏進窗裡喚醒哥哥的陽光，只是那個時候寫下歪歪斜斜字行的興致，在此時已不復存在，自無數噩夢中清醒的北島只有淒清的早晨和永不復現的早年歡樂相伴。

不可逆轉的命運讓北島意識到生命的疆界，那些在他生命之內互相推擠的愛恨情愁，隨著妹妹的過世，刺激了北島去完成「存在」

---

[63] 北島〈夜晚〉，收入李潤霞編《被放逐的詩神》，頁 427-428。

的超越意義。「其實我從來不是一個勇敢的人。我的勇氣和我的個人
經歷有關。我的妹妹趙珊珊一九七六年夏天游泳救人時淹死了。我
跟我妹妹的感情很深，當時痛不欲生。記得我在給她的紀念冊上寫
下這樣的血書：我願意迎著什麼去死，只要多少有意義（大意）。而
不久歷史就提供了這樣一個契機」[64]。北島言下所指的「契機」便
是一九七八年十二月創辦、祕密發刊長達兩年的地下文學雜誌——
《今天》，北島現今的文學成就，都要從《今天》啟算。〈回答〉裡
「我——不——相——信！」的嘶吼，只有在面向讀者時才能發揮
它震盪人心的效果，而當這個效果在人們內心激起漣漪時，北島於
詩行間自覺承擔的啟蒙和反抗也才能凝聚起一代人的情感共鳴。一
九七八年十二月的《今天》創刊號，擔負起這場讓作者與讀者感受
到彼此的重任。往後，陸陸續續發表在《今天》的〈太陽城札記〉、
〈結局或開始〉、〈一切〉等詩作，便一步一步地將北島及其詩中的
「我」簇擁上英雄的行列。北島及其創辦的《今天》為一代人塑造
了英雄，時代也承接了這個意志。在那個視思想自由為政治禁臠的
時代裡，這些行徑則被視為大逆不道的「崛起」。

結　語

　　一九七〇年初執詩筆的北島，傾向以詩句構築安頓心靈的理想
世界，化身為無憂無慮的小孩兒，在田園之中閃避擾攘的現實世界。

---

[64] 北島、查建英〈北島〉，《八十年代訪談錄》，頁 64。

從理想世界向外窺探的孩童之眼，仍然體悟到現實世界的生存難題未解，理想世界的企求便永遠只能架構在詩行之間，北島得自於地下青年思想圈的存在主義思考，強化原本柔軟的浪漫情懷，進一步以激昂的詩句試著干預千瘡百孔的社會現實。一九七三年〈告訴你吧，世界〉是北島面對社會現實的首度發言，而遇羅克之死讓北島意識到「存在」所能延展的深度和廣度，於是有了一九七六年，喊出一代人「我──不──相──信！」的〈回答〉。然而，妹妹的突然去世，卻又把北島拋進另一個更深刻的痛苦之中，悲淒的情緒滲入詩句中，成為哀愁的語調。

從浪漫主義的抒情到以存在主義揭竿起義的反叛，再到哀而不傷的輓歌，一九七〇至一九七八年的北島，在生活與生命之間尋找創作的支點；不停轉換的中心思想，反映了詩人尋找自己的歷程，與之併進的寫作技巧，支持了詩人將自我表達地更為完善的可能。思想和語言同時向前進化的結果，是專屬於北島的風格於其間逐步加強。一九七八年之前的一切嘗試，都成為日後創作的底蘊，浪漫情懷、存在思想和隱微的悲哀，皆以不同的比例分佈在北島一九七九年以後的創作之中，本文將北島早期詩作的探討聚焦於一九七〇至一九七八年的用意便是根植於此。

一九七八年底創辦《今天》，不僅只是北島在存在主義信仰上最具體的實踐，這場注定失敗的嘗試，從歷史後知者的角度來看，其實也已經在中國固有的政治及思想格局內敲出了一道裂縫，「朦朧詩」論爭和「朦朧詩人」就是在這個裂縫裡成長、茁壯的例子。一九八〇年代局部鬆綁的政經情勢，引入多元的文學思潮／理論，正走向有限度開放的社會氛圍，鼓勵著每個人「尋根」與「反思」，北島詩作的承擔意識亦於此時完成的階段性任，一代人的意

志已經不需要由承擔者代為發言；在開放的意義之下，比「一代人」更年輕的詩壇新血，則信心滿滿地磨刀霍霍，覬覦著圍繞在朦朧詩上的光芒。

即使主流詩壇和第三代詩人（或後朦朧詩），從不同的角度以北島為標靶，北島總是保持緘默，在一九八一年提出了一篇不到四百字的創作觀之後，便冷靜地從一波未平一波又起的詩學論爭裡抽身。對北島來說，創作的目的在於「通過作品建立一個自己的世界」，況且「詩人不必誇大自己的作用，更不用輕視自己，他正從事著艱苦而有意義的創作，讓美好的一切深入人心。也許全部困難只是一個時間問題，而時間總是公正的」[65]。自我隔絕於論戰之外，北島將他的作品交予時間，在時間之中手不輟筆地演練既非朦朧詩所能囿限，亦非朦朧之後的詩人能夠理解的筆觸。北島在詩壇（和詩史）上留下一個影武者，一個由其經典「舊作」〈回答〉所塑造而成的創作陰影，一代新銳詩人急於打倒的父蔭，詩論家持續與之糾纏不清的地景。至於北島的後續轉變，沒有多少人在意。

---

[65] 北島〈我們每天的太陽（二首）〉，《上海文學》1981 年 05 期，頁 90。

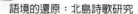

第三章　「一代人」意義的拆解與重構

──北島詩歌中承擔意識的轉折（1979-1986）

緒　言

「從一九七八年下半年起，中國的政局明顯地變得寬鬆多了。中國人是有特殊嗅覺的動物，任何微妙的變化間都聞的出來，於是蠢蠢欲動」[1]，北島曾為一九七〇年代末的中國政治局勢道出這番見解。毛澤東倒臺後政治核心的重構，促成相對寬鬆的政局，泱泱中國的新方向仍在保守與激進的權力場上痛苦磨合；以往被視為禁忌的西方現當代思潮，正是在這模稜的路線之中獲得相對自由的空檔，從地下沙龍竄上公眾講堂，取代文革時期的文藝美學，成為公

---

[1] 北島、南方都市報〈《今天》的故事──北島訪談錄〉，《今天文學雜誌網絡版》（http://www.jintian.net/fangtan/2008/nfdsb.html）。按：本文原刊載於 2008 年 6 月 1 日南方都市報 GB32 版，篇名為〈1978 年 12 月，《今天》創刊：青春和高壓給予他們可貴的能量〉。相同的文章刊載於《今天文學雜誌網絡版》之上時，更名為〈《今天》的故事──北島訪談錄〉，內容比原刊更為完整，故此處引文取自《今天文學雜誌網絡版》。

開流傳的審美取向。與存在主義、象徵主義以及超現實主義等現代主義學說，共享著狹小自由空間的非官方報刊，亦在此「寬鬆政局」的默許下，小心翼翼地散播著共產主義以外的「異端」思想。瀰漫在空氣中的「思變」情緒，點燃文革之後「新時期」的無限憧憬和願景，至於嗅出了「機會」氣味的北島，自然不想錯過這「能夠做些什麼」[2]的關鍵時機，最終，詩人及其盟友以地下文學雜誌——《今天》——進駐此時的權力之縫。

從《持燈的使者》[3]一書所收錄的眾多文章裡，追溯《今天》從無到有的過程，大夥兒記憶中那位處北京胡同的窄小聚所，往往不只是執行編務的地方，在編務之暇那裡還「非法」兼營著文學創作討論會議、詩歌朗誦會籌備中心，以及星星畫展的共同策展組織。單就名目解讀，顯而易見地，藉著張貼大字報和發行實體刊物遍及全國的《今天》，實是以文學自覺為底蘊，向整一的社會秩序突圍。在這些回憶文字裡來去穿行的北島，正是透過一冊冊祕密進行的「手工」雜誌，具體實踐著〈回答〉、〈結局或開始〉等詩作中所欲承擔的啟蒙重任。創辦《今天》的經驗，無疑是北島與讀者——或者說他想啟蒙的人群——之間的一場近距離接觸，時代的脈動大概從未像此刻，如此真實地掌握在自己的手中。

在這個由文學凝聚起來的團體裡，除了雜誌，定期舉行的作品討論會、不定期舉行的詩歌朗誦會，以及與其他非官方組織的交流等等活動，一再地擴大北島及《今天》編輯群對「群眾」的認知和想像。寓於詩作的政治質疑與飽含存在主義關懷的英雄形

---

[2] 北島、南方都市報〈《今天》的故事——北島訪談錄〉，《今天文學雜誌網絡版》（http://www.jintian.net/fangtan/2008/nfdsb.html）。

[3] 劉禾編《持燈的使者》（香港：牛津大學出版社，2001）。

象，在擁有了發言媒介後，終於得以觸碰到等待感召的茫然群眾，發揮其〈啟蒙〉之效用。然則，北島一九七三年以前的田園詩風，例如〈你好，百花山〉、〈小木房裡的歌〉以及〈微笑・雪花・星星〉等亦以其字裡行間的清新活力，與政治抒情的篇章同時於一九七〇年代的尾聲激起廣大反響。對中國當代詩壇而言，短短幾年之間風起雲湧的文學大潮，實屬空前的一章，至於北島，憑無名詩人之姿，一躍成為激起一代人覺醒的文學英雄，更是其日後進入文學史的姿態。

再往時勢與創作的深層連結進一步挖掘，一九八〇年前後解禁的西方現代主義，是新潮和解放的象徵，中國當代小說從傷痕、反思，到後來尋根和新寫實等先鋒寫作的發展，皆被視為這波「文化交流」的豐碩成果，不過，同樣叱吒於一九八〇年代的新詩潮——朦朧詩，卻往往不被當代文學史的撰述者歸入「成果」之列。畢竟在現代主義還沒獲得合法地位前，就出現在年輕作家詩作裡的存在主義、象徵主義，著實不是相對開放的一九八〇年代造成的結果，北島即是所謂「新詩潮」作家中的一例。在文革時期就擁有自己「閱讀圈子」的北島，自一九七〇年代初期便開始經手一本本「黃皮書」，現代主義的思想亦於此時進入詩人的思考，到了現代主義大行其道的一九八〇年代，即使這次准予「放行」的現代主義新舊並陳、種類繁多，但就已逐步建立起自己的創作觀以及語言風格的北島看來，卻再也不會是初次讀見的驚奇了。

「在八〇年代許多作家、讀者的理解中，西方的『現代派』是涵蓋面寬泛的概念。自上世紀末到本世紀七十年代的，包括象徵主義、表現主義、未來主義、意識流文學、超現實主義、存在主義、新小說派、垮掉的一代、荒誕派戲劇、黑色幽默、魔幻寫實主義等

等名目的文學，都囊括在內」[4]。上述繁雜的主義派別，其實可以分別收攝進象徵主義、存在主義、超現實主義和魔幻寫實主義的領域之內。以此為基點展開北島一九七八年之後的詩作，觀察詩人創作與這些主義學說的相互關係，超現實主義以自動寫作打破意識與無意識界限的企圖，或者矢志恢復以語言表現真實的雄心，並沒有在北島的詩作中獲得發展；而借助魔幻筆法再現原鄉的書寫，從來就不是詩人側重的主題。縱觀北島一九八○年前後的詩作，其多所倚重的，還是一九七○年代寫詩之初的象徵手法以及存在主義精神。

琢磨著與超現實主義及魔幻寫實相較，略顯「老舊」的象徵手法和存在主義，並不意味著北島從未涉獵這些領域，或者說，自我隔絕於浪潮之外，這只是再一次地說明，理論之於創作的影響如何，大抵是作者「選擇」的問題。況且同樣歸屬於現代主義大旗下的存在、超現實和魔幻寫實主義，呼籲世人重新審視世界的終極目標大致相同，至於該以何種方式發聲，亦只涉及寫作者的共鳴或偏好罷了。已有七、八年詩齡的北島，儘管仍以存在主義為基調，但時間所造就的改變──無論是政治風向、時代風潮，或者作者的想法──已讓〈回答〉裡的英雄藉著〈履歷〉等詩宣告退位，詩人對於自身存在的意義，也從政治的面向轉為更純粹的哲思內涵。圍繞在生存境況的關懷未曾減少，只是在時間中改變的一切，令詩人的思考隨之位移，一九七八年之後北島詩作所呈現出的細微轉變，即為本文關注的焦點。

北島的詩作向來沒有註記創作時間的習慣，一九七八年以前的作品尚且可以參考李潤霞在《被放逐的詩神》[5]裡考察的結果加以推敲，至於一九七八年之後的詩作，可供精確繫年的佐證資料便告懸

---

[4]　洪子誠《中國當代文學史》（北京：北京大學出版社，1999），頁 229。
[5]　李潤霞《被放逐的詩神》（武漢：武漢出版社，2006）。

缺，唯一能夠借重的是 Bonnie S. McDougall 英譯之詩集 *The August Sleepwalker* [6]裡的譯者說明[7]：《北島詩選》是由詩人北島親自編選並順時排序的選集，集子裡的分輯代表不同的創作年段。本文聚焦的一九七八年後詩作，便是《北島詩選》第二輯（一九七九至一九八三年）以及第三輯（一九八三至一九八六年）所收錄的篇章，另外，於《北島詩選》未收的〈白日夢〉則參考《北島詩歌集》（2003）所收錄之完整版。

　　至於一九八六年之後、〈白日夢〉以降，北島便未再有公開發表之作，直至一九八九年，才又見收錄於《在天涯》[8]的〈鐘聲〉、〈悼亡〉等作品。是以本文關於北島一九七八年後詩作的討論，便止於詩人寫作出現空白前的一九八六年；一九八九年流亡之後，北島和他的詩，就又是另一個曲折的故事了。

第一節　戀人、海洋與抉擇的（隱晦）愛情故事

　　一九七九、甚至是一九八〇年，幾乎是個文學家得以實踐現代主義「以文學改革社會」的年份，北島雖在其間以《今天》推波助瀾，並就此嶄露頭角，不過，一旦回返此時成就北島為詩人的創作，首要的任務卻是得將《今天》的偉大出版（及相關）事業，從詩人

---

[6]　Bei Dao. *The August Sleepwalker*. New York: New Directions,1990.按：這本英譯詩集是以《北島詩選》（1986）為底本，另加上〈白日夢〉（1985）而成的譯本。

[7]　Bonnie S. McDougall. "Translator's Note." *The August Sleepwalker*. New York: New Directions,1990. p.15.

[8]　北島《在天涯》（香港：牛津大學出版社，1993）。

的筆桿和稿紙堆裡剔除，好還給「詩」相對純樸的樣貌。這麼做並不是為了滿足文本內部皆完善自足的天真想像，而是要防止炫惑耳目的《今天》，掩蓋了與其並進之詩作的真正面目。從《北島詩選》裡錨定創作年限，雖然無法繫出精細的時間段落，但至少，其「順時排序」且由作者「親自編選」的權威，仍能標誌為北島對於自身創作的選擇與評價，這也正是一九七九年除了「發行《今天》」的理由外，之所以能成為一個獨立的論述起點的原因。

　　超穩定的政體讓詩人寫於一九七三年的「我——不——相——信！」[9]到了一九七八年年底仍然適用，北島只需在詩作刊載之前進行信念的微調，那些略顯青澀的詩句仍能擁有合宜且動人的頻率。一九七九或一九八〇年版本的〈回答〉或〈結局或開始〉，並不如人們所想像地那樣迫切，況且，已經寫出的政治與抒情詩作，便足以支持草創時期的《今天》；在〈回答〉正熱、〈一切〉正朗朗上口，「朦朧」和「今天」正蔚為風尚的時刻，詩人並不打算回頭重複自己早已完成了的筆觸。在積極擘畫《今天》和細心修改舊作之外，北島將詩藝的琢磨，鎖定在與《今天》抗暴氣息相去甚遠的——愛情。

　　缺乏詳細的繫年資料，著實為這種說法增添了證實的難度，不過，以《今天》的出刊日及刊載其上的作品為創作的參考時間點，還是可以粗略地將北島一九七九、一九八〇年的創作與時間鬥合。《今天》的最後一期發行於一九八〇年十二月[10]，北島在這一期的雜誌上發表了〈楓葉和七顆星星〉，即使不知〈楓葉和七顆星星〉的確切創作時間，但它無庸置疑地是完成於一九八〇年十二月以前，

---

[9]　北島〈告訴你吧，世界〉，收入李潤霞編《被放逐的詩神》，頁 420。

[10]　李潤霞〈「文革」後民刊與新時期詩歌運動——以《啟蒙》與《今天》為例〉，《新詩評論》總第 3 期（2006/04），頁 108。

再考慮到《北島詩選》順時排序的特色，那麼羅列於〈楓葉和七顆星星〉之前的詩作，就一定都是在一九八〇年十二月之前寫就的作品。在這不算精確但仍有參考價值的時間點之前，十五首[11]創作裡以愛情為題的就有九首[12]之多，於是，說北島在與發行《今天》交疊的這段時間裡創作最多的是情詩，便也不是空口無憑的推測了。

對時代的激進氛圍來說，書寫情愛或許是個突兀的行止，但若就北島的創作脈絡加以觀察，便會恍然發現，這裡並不存在著所謂的「意外」，或者「轉向」。從一九七〇年開始寫作以來，北島在不必與煙硝四起的真實中國正面對抗時，一向更樂於棲居在抒情的寧靜氛圍裡，例如在寫作〈告訴你吧，世界〉（1973）以前，北島大部份的詩作，皆是以〈小木房裡的歌〉（1973）、〈五色花〉（1972）、〈微笑・雪花・星星〉（1973）之類的浪漫抒情為主調。縱然對時局感到不安，這些情緒也只是按捺在田園風光下的小亂流，它們僅藉著出現在〈雲呵，雲〉（1972）、〈真的〉（1972）等詩作中略顯不協調的意象隱約暗示。再說，一九七九年，《今天》所遭遇的局勢已交由一九七〇年代中期的詩作應對，「地下活動」正在方興未艾的浪尖上，希望的尺寸還在膨脹，《今天》的潛力仍無可限量。即使北島對未來仍不無擔心，所能做的卻僅有：支持著《今天》、持續地「活動」，以及在等待的空檔裡，續寫一九七七、一九七八年以來的抒情。

---

[11] 列名其中的〈結局或開始〉已由李潤霞在《被放逐的詩神》中考訂，此作品實初稿於 1975 年，故此處並未將〈結局或開始〉及其同樣獻給遇羅克的〈宣告〉納入計算。

[12] 創作於〈楓葉和七顆星星〉之前的九首情詩分別為：〈雨夜〉、〈睡吧，山谷〉〈無題（把手伸給我）〉、〈橘子熟了〉、〈習慣〉、〈無題（在你呼吸的旋律中）〉、〈你說〉、〈迷途〉、〈和弦〉。詳見於《北島詩選》（廣州：新世紀出版社，1986），頁 52-82。

　　有別於一九七七、一九七八年將哀悽深藏於抒情的作法，一九七九年的詩情，嚐起來多了一絲絲的甜蜜，詩作中不再只有我，也出現了一個形象立體的「你」。詩選裡的第二輯第二首〈睡吧，山谷〉，可以視為這一時期情詩的創作氛圍，尤其當這首詩重回山林，回到北島創作之初的場景。詩人仍然保有當時流轉詩行的純粹美感，經過一番鍛鍊後的遣詞造句，使得詩意益加顯得精準美麗。不過，曾經普照〈你好，百花山〉的陽光消失了，這時的北島更想用藍色的雲霧、飄忽的風雨和布穀鳥的啼聲把山谷催入闃闇的黑夜，以換取一個再也感覺不到時間流逝的奇境：

> 睡吧，山谷
> 我們躲在這裡
> 彷彿躲進一個千年的夢中
> 時間不再從草葉上滑過
> 太陽的鐘擺停在雲層後面
> 不再搖落晚霞和黎明
>
> 旋轉的樹林
> 甩下無數顆堅硬的松果
> 護衛著兩行腳印
> 我們的童年和季節一起
> 走過那條彎彎曲曲的小路
> 花粉沾滿了荊叢[13]

---

[13] 北島〈睡吧，山谷〉，《北島詩選》（廣州：新世紀出版社，1986），頁 54-55。

只有離開童年的成人才會脫口說出「童年」，也只有童年是美好且值得珍藏的寶藏，才需要有堅強的護衛；明知童年和四季變化一樣逃不了時間的催熟，北島卻試圖從曲折隱密的小路遁逃，執意把「我們」之間如童年般美好的時光凝結。從「你」到「我」、從心到心的探求雖然寂靜，但戀人的默契即足以點燃瞳孔裡彼此呼應的光采，暫停時間的祈求似乎也因此有了回應。山谷和風得以「睡在藍色的雲霧裡」[14]、「睡在我們的手掌中」[15]，而逃亡小徑雖然危險重重，但一路上仍不乏盛放的繁花伴隨左右。

從一九七二年版的〈你好，百花山〉到一九七九年的〈睡吧，山谷〉，從中流逝的時間已足以讓詩人將禮讚百花山時辭不達意的激昂，蛻變為自信能夠催眠山谷的寫意。白天與黑夜的倒轉，只是一九七八年之前和之後最表淺的改變，開啟了午夜之門的北島自此長駐於黑暗所帶來的深幽內蘊，尤其北島於一九八九年流亡之後，詩作之「暗」更加地顯明。不過，在寫下許多情詩的一九七九年，北島才剛剛開始試探闇夜的容量。以漆黑為情詩底色，所看重的，是它摒棄日晷的無時間感，漆黑也恰好適合用來襯托圍繞在繾綣戀人身上的光彩，流連在藍色雲霧裡的戀人從此無須掛念分離，繫於彼此眼底的彩虹也從此凍結──情詩，或許就該這麼美好。只是，把愛情寫得如此完美，若非天真地相信愛情唯美，那便是深刻意識到，詩行所構築的奇境，終究是過份綺麗的幻影；續讀了北島其他的情詩，愈來愈憂鬱的詩人絕對屬於後者。

---

[14] 北島〈睡吧，山谷〉，《北島詩選》，頁 55。

[15] 北島〈睡吧，山谷〉，《北島詩選》，頁 55。

在〈雨夜〉裡，前一節還寫著把吸飽辛酸淚水的手絹「遺忘在黑漆漆的門洞裡」[16]，緊接其後的詩節，卻是「槍口」和「血淋淋的太陽」等威脅性十足的意象，又或者，在〈你說〉已經用了三個小節層層遞進戀人間的信任，在詩的末節北島還是設置了一個惹人懸念的祈求。縱使沒有明白地寫出「分離」，北島依然有辦法讓愛情綑縛著無以名狀的壓抑。〈習慣〉裡的愛情告白，回溯著「我習慣了你在黑暗中為我點烟」[17]、「你的呵氣像圍巾繞在我的脖子上」[18]、「和我一起奔跑，你的頭髮甩來甩去」[19]，這些連結地並不緊密的畫面，呼應著這首詩起首和結尾的點菸動作，每個在黑暗中擦亮火光、點燃菸捲的瞬間，便照亮了一個記憶夾層裡的片段，親密的依賴關係亦具體為每一個碰觸到北島靈魂的灼燙光點。可是，轉瞬即逝的甜蜜光源終究也照不亮籠罩北島詩裡的無垠暗夜。

無論〈雨夜〉、〈你說〉還是〈習慣〉，它們無一例外地寫在黑夜，其他的作品，像是〈無題（把手伸給我）〉、〈無題（在你呼吸的旋律）〉、〈彗星〉亦不脫此範疇。詩裡的夜，向來都不陰森，只是無所不在的晦暗，反倒提醒了等在彼岸的黎明。一卷燃亮的菸，或者火石交錯的瞬間，終究無法驅走無邊的漆黑，由此產生的迫人壓力，令愛情的甜美也不由得苦澀了起來。類似於〈睡吧，山谷〉的柔情，還可以補充上〈迷途〉終點的情人之眼以及裝滿陽光的〈橘子熟了〉，在這幾首詩裡清淡卻溫暖的愛戀氛圍，便是北島情詩的美麗極限。

---

[16] 北島〈雨夜〉,《北島詩選》, 頁 53。

[17] 北島〈習慣〉,《北島詩選》, 頁 65。

[18] 北島〈習慣〉,《北島詩選》, 頁 66。

[19] 北島〈習慣〉,《北島詩選》, 頁 65。

除此之外，北島在情詩裡洩露更多的，其實是對未來的抗拒，這份不由自主代入的危機意識不僅打亂情詩節奏，如此不穩定的寫作狀態，像極了北島一九七二、一九七三年那些表面上看來是詠嘆大自然，骨子裡處處洩露著家國意識的「不純粹」田園詩。

　　一九七〇年代的「北島慣性」暗示著詩人可能正處於某種思緒糾結的階段，某些念頭正在成形。這個「糾結的念頭」經過片刻沉思後的結果，是令北島在本該感性的〈愛情故事〉裡，異常理性地分析了由他主演的那章：

> 畢竟，只有一個世界
> 為我們準備了成熟的夏天
> 我們卻按成年人的規則
> 繼續著孩子的遊戲
> ……
>
> 然而，造福於戀人的陽光
> 也在勞動者的背脊上
> 舖上漆黑而疲倦的夜晚
> 即使在約會的小路上
> 也會有仇人的目光相遇時
> 降落的冰霜[20]

北島眼裡的愛情程式，說穿了就是成年人搬用著被教導的儀節，繼續著孩童天真爛漫的遊戲。這場遊戲的弔詭之處不在於成人或孩子的角色扮演，而是在幼稚化了的成人眼裡，毫不費勁便忽視的醜陋

---

[20] 北島〈愛情故事〉，《北島詩選》，頁98。

現實。只有將眼光越出兩人之外的世界，才能覺察戀人耽溺於彼此的時光，在另一種生活型態裡乃被賦予不同的意義價值。意識到這些的北島，由此改變了愛情故事的含義，「這不再是個簡單的故事／在這個故事裡／有我和你，還有很多人」[21]。明明白白的「愛情故事」，讓北島說來卻孑然不是兩人世界的兩小無猜，不僅如此，它還被倒轉成為一則人道主義者的道德訓誡。逃不過在時間裡成長為真正的「成年人」，北島也只有無奈地從「你和我」的世界，進階向「還有很多人」的境界。

　　一九七九年，北島雖然是以惹眼的情詩表達內在小宇宙和外在大環境的妥協狀態，詩人也確實在情愛的主題裡，寫出了別具風格的愛戀之章，不過，審視《北島詩集·第二輯》前半部分的詩作，幾首游離於愛情之外的零星詩作，卻也有個彼此溝通的相續主題。流動在這些詩作之間的清新海風，隱約透露著詩人對海洋的渴望。北島雖然在一九七八年也寫過幾首關於大海的作品，不過那時候的海濱更接近於敘說故事的背景設定，隨著時間和思想的推移，海洋的內涵被賦予更廣闊的象徵，成為在愛情掩護下未被發現的淺淺騷動。

　　在〈紅帆船〉裡，北島清楚地解釋了離開陸地與面向海洋的抉擇歷程。在放眼盡是荒蕪、未來無可期盼的絕望裡，春天只合是寫在楓葉上的謊言，所有關於融化冰霜的熱能，都與這片冰封之地疏遠了，以往在赤道轉身的金烏亦沒有如期歸來，甚至連可以燎原的星星之火，都未嘗記起這片大地。離開，成為此時佔據北島心思的念頭：

---

[21] 北島〈愛情故事〉，《北島詩選》，頁 98-99。

> 如果大地早已冰封
> 就讓我們面對暖流
> 走向海
> 如果礁石是我們未來的形象
> 就讓我們面對著海
> 走向落日
> 不，渴望燃燒
> 就是渴望化成灰燼
> 而我們只求靜靜地航行[22]

詩行裡的「如果」並非設問，它們是一道道針對現狀的委婉指責。決定朝著落日走向大海的北島，希冀從暖流和斜陽裡換取一些溫暖，只是這趟航向汪洋的冒險，從未有回返的計畫，因為出航的目的並非要取得火種，拒絕被燃燒成灰燼的北島，並不自命為傳火之人，所有的詛咒和想望，僅僅是出於北島唯一的要求——離開。穩定卻虛假的冰封大地與流動且寄寓了希望的海洋，形成了鮮明的對比。在北島混雜著疲憊、厭倦和失望的情緒裡，陸地的推力和海洋的拉力漸漸浮現，一九七九年相對開放的社會風氣或許亦加劇了詩人心裡，海洋之於陸地的分歧。在已經待膩了、探索夠了的陸地之外，那個飄浮著船隻與浪花的許諾之「海」，成為突破大陸氣壓的缺口。

即使因為沒有船票沒能登上甲板，卻仍無損於詩人在〈船票〉裡藉著魚鱗、貝殼和水母講述一則古老故事的興致；無法出海卻講述著海洋，扮演說書人的北島在關於海洋的故事裡，道盡了陸地上無法實現的夢想。豐饒的〈港口的夢〉中，北島更化身為舞

---

[22] 北島〈紅帆船〉，《北島詩選》，頁 63-64。

臺上盛裝的魔術師，輕揮魔杖，來自海上的珊瑚即可長成林木、
鹽晶亦可融化冰層，女孩們從睫毛抖落的，不再是淚水而是成熟
的麥粒。創造動人的驚喜是魔術師的擅場，在文字裡織就這些創
作，倚重的是敏銳的想像力，主持著這一切的北島自承：「是的，
我不是水手／生來就不是水手／但我把心掛在船舷／像錨一樣／
和伙伴們出航」[23]。然則，只能把心掛在船舷卻不能真正徜徉於海
風，仍令北島若有所失。在〈和弦〉裡詩人穿過樹林走向大街，
邀請情人一同漫步至海邊，掩不住失落的北島，還是不禁輕輕地
說了：「沙灘上，你睡著了／風停在你的嘴邊／波浪悄悄湧來／匯
成柔和的曲線／夢孤零零的／海很遙遠」[24]。似遠又近的海，飄浮
著詩人似遠又近的旅程。

　　交錯在〈船票〉、〈紅帆船〉、〈港口的夢〉以及〈和弦〉之間，
沒有終點，更沒有「終點之後」的航行，瀰漫著夢想還沒實踐之前
因期待而產生的美麗光暈。這個美好的幻夢亦足以令北島忘記自己
從來沒有登上甲板，致使揚帆的起點始終闕如，以及在總是缺乏目
的地的航海圖上，再精心的構畫都難掩虛無縹緲的尷尬。同樣將目
光置放於未來，愛情裡的不確定感和憂心忡忡，對應著離開陸地之
後的興致勃勃；繫住人情的愛戀繩索，似乎纜不住航向未知海洋的
決心，這也難怪北島對愛情容忍的限度便是〈彗星〉裡的：「回來，
我們重建家園／或永遠走開，像彗星那樣／燦爛而冷若冰霜」[25]。

　　北島在〈界限〉裡終於獲得一個離開的機會，雖然這次的規模，
僅是從河流此岸過渡到彼岸，不過作為小試身手的嘗試，這比橫渡

---

[23] 北島〈港口的夢〉，《北島詩選》，頁 81。

[24] 北島〈和弦〉，《北島詩選》，頁 84。

[25] 北島〈彗星〉，《北島詩選》，頁 101-102。

海洋來得可行多了，況且極為難得地，北島這次竟也備齊了目的地。
儘管誰也不知道對岸究竟有些什麼，只見駐足岸邊、盯著河水的北
島，義無反顧地說著：

> 我要到對岸去
>
> 河水塗改著天空的顏色
> 也塗改著我
> 我在流動
> 我的影子站在岸邊
> 像一棵被雷電燒焦的樹
>
> 我要到對岸去[26]

在兩次「我要到對岸去」之間，詩人利用了同時映照在陸上和水裡
的影子，忖度自己的處境。流動莫測的水影和形容枯槁的日影，匯
集於自己腳下，河岸邊緣便意味著非此即彼的界限，轉身重回陸地，
便是重回僵固且枯竭的狀態，思考至此，北島再次重複了越界的意
志，涉水渡河顯然比維持現狀更具吸引力。只是北島還沒來得及跨
出步伐，猛然地：

> 對岸的樹叢中
> 驚起一隻孤獨的野鴿
> 向我飛來[27]

---

[26] 北島〈界限〉，《北島詩選》，頁 85。

這隻潛伏在彼岸的孤獨野鴿，讓北島的渡河之舉，顯得百轉千迴。驚起的鳥兒打斷了北島一心要渡河的謀畫，敏感的野鴿究竟受何驚擾，我們無從得知，不過，可以推測的是，看似無風無雨的彼岸，隱約也有種不可言喻的恓惶正悄悄擴散。孤獨的野鴿其實也是詩人自身的投影，就此渡河的北島將會像離群的野鴿一樣孤獨，雖說孤獨是深度自省時的必要隔離，不過，附帶在這種隔離之內、獨自承擔一切的勇氣，常常使得孤獨的代價益加深刻。整首詩在野鴿驚起之後，亦隨之告終，〈界限〉像一個沒有說完的故事。究竟北島渡河去尋找夢想了沒有？這是詩人留給自己、亦是留待讀者自行解讀的懸念。

第二節　現在、過去與刪改的（失色）歷史演義

同時出現在北島思緒中的愛戀情事和揚帆出海，首先引人注意的，是它們互不相容的情感考量，愛情所要求的穩定遇上乘風破浪必備的冒險精神，去留之間的取捨，是令北島在愛情裡不得不顯得沉鬱，在面對自我實現的當口亦不得不舉步維艱的原因之一。然而，這只是原因之一。在追索出北島的追逐之於愛情或海潮，乍看的兩個對抗極端，其實皆出於相同的時間焦慮感，詩人在詩作裡一再表述的，由現在而未來的躊躇，實能把看似相反的

27　北島〈界限〉，《北島詩選》，頁 85。

極端融化為一。穩定的愛情以及未知的冒險皆是北島意欲追求的標的，不然字裡行間的光彩也不足以動人，種種追求戛然輒止之處，便是詩人思緒紛然之所在。只有當觸碰到「未來」的考慮時，愛戀的甜蜜才會顯得退縮，在尚未駐足小試身手的河岸以前，想像裡的航海圖從未有不可言喻的恐慌；矇住愛情的黑暗，乃出於對「現在」的眷戀，面對汪洋時的退縮，則源自對「未來」的畏怯。永遠趕不上時間流速的腦袋轉速，每每讓北島徒然奢望時間暫停，不無悵惘地滯留在如夢似幻的空中閣樓，模擬著彷彿真實存在過的理想。

　　一九七九年左右詩作合力構築的境地，雖然美麗如昔，用以詮釋的語言甚至更為精巧，但它們怎麼也不是一九七二、一九七三年時的無憂田園了，北島意圖遠離政治的結果，卻是盡情弛展的想像力演成一則則纏繞於現在與未來的存在困境。透過愛情和海洋擘畫過於完美的未來風景，著實不像一九七〇年以來，逐步蛻變為反抗命運、承擔啟蒙重任的北島作風。事實上，北島也沒有放縱自己對易逝韶光的愁悵以及對海市蜃樓的耽溺，異常理性的〈愛情故事〉以及打破魅人夢想的〈界限〉，是詩人回歸現實，承認「現在」的標誌。告別兩人世界後，詩人仔細端詳了自身立足的此岸，並且重新校準腦內思維與現實世界的時差。回歸真實時態的大腦意識到，將根植於「現在」的迷惘投射向「未來」，永遠也只會得出更加巨大的茫然；以時間為基底的生命之流，永遠只能擁有「現在」，所謂的「未來」，即是死亡。

　　對照北島在一九七〇年代一系列政治詩作裡所展現的存在主義思考，那時呈現較多的，是由文化大革命對人性的箝制及壓抑，爆發為一股追求個性自由的強烈使命感，「死亡」在此刻詩作裡呈現的

價值，毋寧是一無所有、唯有抗暴精神的詩人，最大也是最純粹的賭注。雖然一九七六年的喪妹之慟，讓北島以死相逼的火力暫時收斂，但收斂並不代表消失，因為從北島後來的訪談[28]可以明確得知，那時堪稱突如其來的打擊，是促成《今天》發行的重要推力，這份雜誌亦成為居處生存壓力之下，對存在主義理想的最具體實踐。近距離觀照了「死亡」，對於「生存」的掙扎亦有了相應的反抗歷程，但是，時至一九八〇年代，北島仍若有所失地在一般人視為精神港灣的愛情中，遲遲無法停泊，更有甚者，詩人還細密地編織了徜徉海風、遠走高飛的大夢。這些搔刮著思緒的困擾，對北島來說，是再熟悉不過的生存疑慮了，就此掙扎不安的詩人，只得再度回到存在主義裡思索「存在」的本質，不過，北島的思考，有別於一九七〇年代以生命的韌性為主軸。

北島這次，改以死亡為焦點。

以死亡丈量生命的長度，北島形容以搖曳風中、卻隨時寂滅的脆弱火光，以及看似雄偉不摧、實則抵不住河流侵蝕，漸漸平緩的聳然山峰。在時間之中累積的一切，無論多寡最終仍為時間所掠奪，一如時間賜予果實成熟的同時，亦賦予了落果的天命。從消亡生出的存在思考，如果不是因為發現了存在的荒謬，陷入漫無目的的飄渺；那便是覺察當下擁有的生命即是人生來僅有的籌碼，在生命過渡到死亡彼岸之前，這些難得的籌碼應該為值得實踐的理念而付出。思索至存在的這一層，旋繞北島心中的存在疑惑便又開朗了一些，對於往後的道路，詩人的抉擇是：

---

[28] 北島、查建英〈北島〉，《八十年代訪談錄》（香港：牛津大學出版社，2006），頁 55-69。

> 此時此地
> 只要有落日為我們加冕
> 隨之而來的一切
> 又算得了什麼
> ──那漫長的夜
> 輾轉而沉默的時刻[29]

在〈紅帆船〉裡曾經追逐過的落日，再度出現於此，這輪落日仍是北島夢想的投影，不同的是，詩人不再執著於參透抵達之謎──既然存在的生死本質早因代代相承而成為一則屢試不爽的古老傳說，再者，時間終會收回它所給予的一切，所有努力的「結果」僅僅是個沒有協商空間的定論。相形之下，存在的「過程」如何，反倒是比結果更值得努力的目標，儘管實踐理想的過程總是在探不著邊際的闃暗裡摸索進路，這卻也是令存在掙脫死亡陰影、覓得全然自由的唯一途徑。

在當年，血氣之勇還值得一逞的時候，北島要求自由的方式是針鋒相對的詰難姿態，即使那些詩作在創作之初僅在詩友之間流傳，但就詩人思考的形塑過程來說，實無關發表與否。時間再往後挪移，北島透過《今天》挑戰中國敏感政治神經的同時，一九七〇年代的一系列政治詩作也藉此機會，簇擁著詩人站上時代為他準備的英雄位置，以後知者的角度來評析此局，詩人從寫作至發表的歷程中，其所欲爭取的自由空間似乎都得到了回應，但，顯然地北島對這些「回應」並不滿意。否則他也不需在幾經周折後，仍執意回到存在的意義裡載浮載沉。三十而立之後，北島放棄了先前曾經用過的正面衝突（例如〈回答〉）和地底奇襲（例如《今天》），憑著對

---

[29] 北島〈傳說的繼續〉，《北島詩選》，頁97。

「死亡」之於「過程」的領略再度深入存在的思考，冷靜地安排著趨近存在意義的步伐。北島首先想要釐清和開展的，是那些造就自己現今一切，卻又令他十分困擾的「歷史」。

開展自己過去的第一步，莫若始於足下，在廓清了此刻當下的處境後，向「現在」兩端開啟的時間，皆能以此為斟酌的基準。北島在〈紅帆船〉裡對冰封大地的厭棄，絲毫沒有因為在愛情和海洋之上浮沉過好一陣子而有所削減，再度回到陸地，詩人在春天已然遠離的所在，毅然決然〈走向冬天〉。拋下了先前〈紅帆船〉還保有的含蓄婉轉，再也不想用「如果」來緩衝語氣，詩人直截了當地拒絕留下來「裝飾那些漆成綠色的葉子」[30]、繼續為昭然若揭的虛偽政策所操縱。藉著卸除重重偽飾，北島表達了絕不反悔的意志：

> 我們生下來不是為了
> 一個神聖的預言，走吧
> 走過駝背的老人搭成的拱門
> 把鑰匙留下
> 走過鬼影幢幢的大殿
> 把夢魘留下
> 留下一切多餘的東西
> 我們不欠什麼
> 甚至賣掉衣服，鞋
> 和最後一份口糧
> 把叮噹作響的小錢留下[31]

---

[30] 北島〈走向冬天〉，《北島詩選》，頁 106。
[31] 北島〈走向冬天〉，《北島詩選》，頁 105。

譬如神諭的政治許諾之於北島，已是一個不可褻瀆卻也不可能實現的預言，壓在先行者背脊上的時間和經歷，轉化成一則則廟堂裡傳承的厚重史籍，正史所閃躲的晦澀內容，則流落民間成為陰森的鄉野傳說。摒除歷史的堂皇是棄絕政治認同的必要手段，至於，把傳說的草莽也一併拋開，道盡的是北島恨不能抹除記憶的悲哀。將歷史翻盤或令記憶扭轉，皆是自我意識覺醒的一部份，一再褪除身外品物的舉動，彷彿是一場淨化、純化內在精神的象徵儀式。賣掉遮蔽身體的衣服鞋子和用以溫飽的口糧，最後還得把交易得來的叮噹小錢留下，北島對那個培養他品味、儀節和思維的文明全然鬆手，但願以此換取一個全新的開始。儘管人生已無法倒轉，就此獲得一個「真正的」從頭開始，但現在所放棄的種種資源，至少還足夠換取一個能夠忍受深思熟慮、回歸自我個性的嶄新起點。

北島以「消去法」建立的世界觀，也一併卸除了在虛假的溶溶綠意裡媚俗和偽善的責任。從層層制約脫身後的輕蔑，滲透進語言便成為置身事外的漠然，北島不無諷刺地將政令形容為「陽光下的謊言」[32]，領受謊言的清醒腦袋將宣達的舉動戲擬為「口吃地背誦死者的話」[33]，而詩人之所以對「謊言」遵行不逾，只不過是想「表演著被虐待狂的歡樂」[34]。每推進一個詩節，北島置身事外的漠然便更加強一些，穿行過四個詩節、有別於〈紅帆船〉之期待的落落寡歡，又將詩人領至左右命運的河岸。再度駐足河岸，曾被畫為界限的河水雖拜冬寒之賜凝結成道路，可是由失敗先行者餵養的食腐鴉群，卻已將天空舖成成色濃厚且彌漫著凶險的厄夜。藉著《今天》

---

[32] 北島〈走向冬天〉，《北島詩選》，頁106。

[33] 北島〈走向冬天〉，《北島詩選》，頁106。

[34] 北島〈走向冬天〉，《北島詩選》，頁107。

和刊載其上的詩作，試過了厄夜之深沉、食腐者之不可數後，北島對厄夜之後的晨曦、緊臨寒冬的暖春，也就顯得不那麼熱烈了。

冷靜以對並非否認晨曦和春天的可能，北島是認定「罪惡的時間將要終止」[35]、暖春和朝陽總有一天會來臨，但與此同時，詩人也殘忍地點出，在凍寒主宰大地之時，思維的彈性早已點滴僵死，「而冰山連綿不斷／成為一代人的塑像」[36]。回望著那些早該要清醒卻執迷不悟迷走厄夜的人們，他們曾經是〈回答〉裡所欲啟蒙的「一代人」，如今卻成為來不及解救的冰封塑像，在〈走向冬天〉的末尾，身為「一代人」中一員的北島，攸攸地表達了無力回天的沮喪。當詩人意識到自己走向冬天並從暗夜裡甦醒後，還是只能獨享〈惡夢〉裡：「在方向不定的風上／我畫了一隻眼睛／於是凝滯的時間過去了／卻沒有人醒來」[37]之失落。所有為了啟蒙使命付出的努力在這一瞬間崩潰裂解。曾經，「一代人」擁有的，是無比高尚的革命內涵，如今這個專有名詞在北島看來，已淪為金玉其外的虛榮頭銜。

「一代人」之稱，從出現之初便是由詩人與人群互相定義，當北島改寫了自己作為一位詩人對於人群的觀感時，人群的價值亦隨之波動。北島藉〈走向冬天〉重構了一代人的面貌，與之呼應的詩人使命，在〈履歷〉中也被重新組裝。

〈履歷〉是僅次於〈回答〉備受評論家鍾愛的一首詩，畢竟，由作者現身說法的生平，除了是觀察詩人自我認知的第一手資料，再者，北島的〈履歷〉細數了文革的經驗、寫作的熱情以及《今天》的創辦等等歷程，幾乎牽繫著整個一九七〇年代的文學史走向。這也難

---

[35] 北島〈走向冬天〉，《北島詩選》，頁 107。
[36] 北島〈走向冬天〉，《北島詩選》，頁 107。
[37] 北島〈惡夢〉，《北島詩選》，頁 108。

怪，即使詩人在這首詩裡的敘事手法，傾向把以往被視為「偉大」的
情節刪削成一抹玩世不恭的訕笑，但它仍能在評論家的引用排行裡佔
得一席之地。不過，也是因為穿行在字裡行間的指涉昭然若揭，致使
〈履歷〉的解讀常常陷進拆解北島生平之謎的無比成就感中，以至於
忽略了躲在那抹訕笑之後，詩人用以扭轉全局的戲法。虛掩在最後幾
行，對「現在」的描述，其實才是破譯北島人生的關鍵：

> 點著無聲的烟捲
> 是給這午夜致命的一槍
> 當天地翻轉過來
> 我被倒掛在
> 一棵墩布似的老樹上
> 眺望[38]

槍響對北島而言，向來都是敵對勢力所使用的野蠻武器，一如〈雨夜〉
裡，槍口對準的是詩人珍視的自由、青春和筆。然則，幾年之後，北
島對既僵硬又了無生趣的一九八〇年代，反倒有股扣下扳機的衝動。
拿慣了筆的詩人，自然是用不著槍的，點菸和吸食的姿態也算是象徵
性地表達了與全世界為敵的無聲叛逆。應聲倒地的，是束縛住北島的
框架和限制，倒掛在枝節繁茂的舊規矩之上，詩人寧可以這個角度來
重述自身曾經創造的歷史。當評價意義的標準倒轉，北島也不介意以
更露骨的詞語拆解自己所開展的「生平」。回首當年《今天》文學雜
誌的發行歷程，將普遍評價中的革命氣質置換以權力結構的揣度，這
段離經叛道的過去也不過是在權力共構下收穫的盛名：

---

[38] 北島〈履歷〉，《北島詩選》，頁 115。

> 我不得不和歷史作戰
>
> 並用刀子與偶像們
>
> 結成親眷，倒不是為了應付
>
> 那從蠅眼中分裂的世界
>
> 在爭吵不休的書堆裡
>
> 我們安然平分了
>
> 倒賣每一顆星星的小錢[39]

官方體制與地下組織雖是分別架構在不同的政治信仰之上，但這絲毫無礙於雙方使用一樣的史籍，並且共享相同的民族英雄及群眾偶像，兩股勢力的摩擦邊際，僅在於價值的判定取捨。是以，從各自學識體系裡成立的論點，並不妨礙各方人馬平和地瓜分群眾目光的權力況味，在沒有了經世濟民和啟蒙責任撐腰的歷史及偶像，便也只是為了達成目的所使用的手段，學識和論點亦不過爾爾。被北島重新詮釋的權力結構，捨棄的是《今天》所塑造的革命氛圍，還有〈回答〉、〈結局或開始〉的啟蒙策略，更明確地說，詩人卸下的，是那在一九七〇年代末尾承擔起的「一代人」重擔。瞭解了北島此時對真實世界的視角之後，也就不難理解〈履歷〉中，詩人何以將一九七〇年代初期極欲以詩歌干預政治現實的自我期許，弱化為涸轍之鮒的痴想了。

　　支持北島走到這裡的，是與一九七〇年代相同的存在主義，不過詩人的體悟，改換了以往為人熟知的詮釋方式；明知不可為而為之的氣概仍然不減，只是矛頭轉向以往收攏為同盟的「一代人」，以及曾經緊鄰在自己名字旁邊的「英雄」稱謂。信步走下屬於「英雄」的舞臺，

---

[39] 北島〈履歷〉，《北島詩選》，頁 115。

北島不再打算承攬任何重擔，此時詩人才真正像是他那著名詩句所描述的：「我並不是英雄／在沒有英雄的年代裡／我只想做一個人」[40]。

第三節 現在、未來與質變的（黯淡）英雄傳說

從死亡之於存在的荒謬勘察人生，並不必然會得到與北島相同的結論，一如卡繆和沙特分別架構出各自堅持的存在哲思。憑著時間、經驗和智識帶給生命的不同表述向度，在不斷否定之中尋找肯定自我的方法，亦是存在主義面對現實世界的虛無化能力，或曰為面對荒誕生命的反抗態度。於是，表面上看起來的對「一代人」價值及定義倒行逆施，實際上可視為是詩人重新認識自我的過程，況且在表面之下，只想在沒有英雄的年代裡做一個平凡人的北島，洞徹地看出了在「英雄」與「一代人」之關係裡隱微且耐人尋味的破綻。在片面解散了「一代人」群體、譏嘲過以共生形態互相依存的權勢角力後，北島接著挑戰的，是一九七〇年代所謂自由鬥士與偉大領袖之間的糾葛。

在〈同謀〉之中，北島以老練尋鹿獵人的裝束撥開叢林墓地的野草，紛紛歧路亦如刻在掌紋上的命運，「逐鹿中原」的古諺在這裡也意外地合用。對獵人北島來說，「自由不過是／獵人與獵物之間的距離」[41]，換言之，「逐鹿」的過程就是自由意志的展現，北島肯定

---

[40] 北島〈宣告──給遇羅克烈士〉，《人民文學》1980 年第 10 期（1980/10），頁 33。

[41] 北島〈同謀〉，《北島詩選》，頁 117。

的是追逐之歷程。至於捕獲獵物，在存在主義的信條中，真實世界的邪惡是永無止盡增生的，於是生命重心之所在，便是在死亡發生之前付出所有努力、認真過活。一度陷入捕獲獵物，或者說是，逼近「中原」想像的詩人，在很多年之後，回想那段恍若要完成「中國改革」的奮鬥經歷。雖然貫徹其間的自由意志仍是明亮無瑕，只是一旦對照起寂寥如昔、彷彿什麼也不曾發生過的世界，存在主義對社會境況的勾勒著實比天真的想像來得貼切許多。

北島在回首熱血沸騰的過去以及冷淡漠然的現實境況時，亦修正了自己「起義」的正當性：

> 當我們回頭望去
> 在父輩們肖像的廣闊背景上
> 蝙蝙畫出的圓弧，和黃昏
> 一起消失
> 我們不是無辜的
> 早已和鏡中的歷史成為
> 同謀，等待那一天
> 在火山岩漿裡沉積下來
> 化作一股冷泉
> 重見黑暗[42]

擁有廣闊背景的父輩肖像，必定位高權重，市井小民是承受不起如此空間配置的。以文德武功衡量死者肖像的背景配置，無疑是當代中國實踐政治演義的重要手段。這組意味深長的同盟關係，意味著從屬於政治的紛雜歷史終歸一統，受制於歷史的民族則被政治馴化。人們資

---

[42] 北島〈同謀〉，《北島詩選》，頁 117-118。

以言說的詞彙和句式，將無可逃脫於歷史與文法之外，至於意識型
態，則由強勢的父輩律法所鍛造。在這樣的環境下被建構的一代人，
例如北島，終究會把成長過程中曾經吸納的一切，顯露為現今當下的
存在，是以詩人不無沮喪地發覺，那些曾經用以表述自我意識的慷慨
激昂，其實是移用了別人指手畫腳的蠻橫影子，而自以為正直無害的
個性追求，在移用和模仿之間，則被削減為一個平板的政治口號。當
猛暴的激情在時間之中漸漸冷卻，經過沉澱的聲嘶力竭和振振有詞，
映照出北島詩行裡急於表達的自我，也不過是一齣與歷史共同策畫之
模仿「偉大領袖」的政治大戲。這齣政治大戲，借張閎兼及聲學效應
和精神分析的語言轉述，便是：「兩代人的歷史意識在其根本之處有
著極大的同構性，他們都是借助暴力的方式重構與歷史的關係。新一
代在反抗父輩的歷史暴力和進入歷史進程的過程中，習得了暴力」[43]。

　　當詩人挑開發言姿態的表面，坦露自己與官方發言系統如出一
轍的手勢時，曾經義正詞嚴的個性自覺，降格為陰森權謀的成功模
仿者，所謂的號召與啟蒙都在這一瞬間煙消雲散。即使致力排拒權
威的影響，但到頭來還是不能倖免於成為過去歷史的現代實踐者，
這對一路尋覓存在自覺的北島來說，分明是莫大的諷刺。對於創作
與政治的牽扯，北島至此徹頭徹尾地翻修了過去詩作中的英雄形
象。終止承攬「一代人」之於自己責任，是北島深思熟慮之後做出
的決定。北島不願自己模仿著父輩發聲的身影，成為一種被遵行不
逾的律法或傳統，儘管一系列政治詩作裡的自覺精神是無庸置疑
的，不過當時的表達方式，已讓那份自覺僵化為一種政治立場。除
去貼覆在自己身上的「一代人」標籤，是北島此時對存在自覺的認

---

[43] 張閎〈北島，或關於一代人的「成長小說」〉，《聲音的詩學》（北京：中國人
民大學出版社，2003），頁72。

知，更何況每個人都該有自己經過一番絞盡腦汁的「存在」思考，而不只是被炫目的政治激情所迷惑。在紛然的標準裡確立自我的存在價值，是每一個獨立的存在個體之所以「存在」的意義。

透過〈走向冬天〉、〈履歷〉和〈同謀〉層層深入、漸次挑揀出的一代人與英雄之間「求援／拯救」模式，無論是從時間得出的結果，或者是根植於存在自覺的討論，在在顯露出這種模式的可議和不可行。對此感觸頗深的北島，嘗試以存在主義者向精神標竿們「致敬」的姿態，書寫了一則有別於正統觀感的〈另一種傳說〉。於是，以過去德行成就現今之名的英雄，自此喪失了引導整個族群之精神趨向的影響力。被遺棄的昔日偶像，其名垂千古的教諭也一併被凍結。失去擁戴、在人海裡再也激不起分毫共鳴火花的過氣英雄，只得落寞地丈量絕望的容量：

> 當他們踡縮在
> 各自空心塑像的腳下
> 才知道絕望的容量
> 他們時常在夜間出沒
> 突然被孤燈照亮
> 卻難以辨認
> 如同緊貼在毛玻璃上的
> 　臉[44]

愈是不可撼動的威權，其不合時宜的蠻橫之處就愈容易吸引矛頭的指向。在落難時分，與傳說影響力呼應的塑像尺寸，恰使英雄絕望

---

[44] 北島〈另一種傳說〉，《北島詩選》，頁 141。

的程度與塑像的規模成正比，一般人即使仰望也見不著的英雄面容，亦只合變成一張張猶如貼在毛玻璃上難以辨認的臉。英雄情操和事蹟，最終濃縮成塑像腳邊告示牌上，一則用以炫學的知識，那曾經穿行在眾人日常精神裡的教諭，如今被收藏、塵封，乃至於遺忘，卻再也沒有人身體力行。

身居中國的北島與上帝的權威並無過節，但那些宰制他的自由多時的英雄偶像／教條信仰，與沙特等人所謂的宗教之惡相較，其實也不遑多讓。詩人以改寫英雄偶像的典範意義，宣示這是一個沒有英雄年代，而自己不是，也不可能成為帶領一代人走向未來的救世主。將希望寄託於未來和陌生人身上之行徑，是放棄了自我拯救的能力、並執意把目光投向並不存在著救贖的未來。對於這類毫無自覺意識的生命形態，北島深知，再多的政治啟蒙或破壞努力都是徒然，縱然大部分的同胞皆屬於此類，一如〈走向冬天〉末尾裡提及的「一代人」。

從一九七三年的詩作開始，北島逐步承擔起一代人重任，至《今天》發行的一九七八年，啟蒙的使命感達到頂顛；到了一九八〇年代，詩人也用了差不多的時間，消去自己和「一代人」之間千絲萬縷的糾結。詩人從平凡青年蛻變為一代人英雄的過程，毋寧是中國當代文學史上一則熱血沸騰的英雄傳說，相對而言，北島從一代人的英雄聲名中找回如何做為一個平凡人的存在省察，卻少有人認真追究。或許是因為一九八〇年之後，一度「模稜」的政治路線終於定調，《今天》又被埋入地底，因此受到牽連的北島，在一九八一年以《今天》主腦的身分被要求「寫檢查交代問題」[45]，到了一九八

---

[45] 北島、南方都市報〈《今天》的故事——北島訪談錄〉，《今天文學雜誌網絡

三年又成為「反精神污染運動」的批判對象[46]，不時被禁止發表的晚近詩作，令一九八〇年代的評論家像是輕忽一九七二至一九七八年間，政治詩作之外的創作篇章一樣，輕忽北島一九七九年之後再也不與政治議題針鋒相對的原因。再加上，一九八三年朦朧詩論爭進展的速度，趕不上北島寫作演化的速率，評論家還來不就其一九八〇年代的作品展開深入討論，就得趕赴下一場由第三代詩人發起的詩學論戰。北島雖也身處在這些詩學混戰之間，但無論是由他領銜的「朦朧詩論戰」，還是他成為標靶的「反朦朧詩論戰」，從現有的資料看來，北島並未將自己置於這些剪不斷理還亂的「文學理論」風暴裡。

北島的詩作在充滿論戰和政治干預的一九八〇年代得不到充份的討論空間，二十年幾後的今日，雖然眾多評論者皆有各自的「真知灼見」，但這些分別提出的見解卻弔詭地可由《中國當代新詩史》上的說法大致概括：「北島可能更深切地意識到，就人性的『本質』而言，現實與歷史的差異，僅體現為時間上的；對於社會、人生的弱點和缺陷的批判，希望能達到人類歷史的普遍本質」[47]。只是，究竟北島是如何且為何「深切地意識到」時間在現實和歷史中呈現出的矛盾，以及，是什麼原因促成詩人在處理人生／社會的「弱點和缺陷」時，傾向以「普遍的本質」為化解問題的方法，而這「普遍本質」究竟是以何種思想為其立言之底蘊——這些重要的關鍵在

版》（http://www.jintian.net/fangtan/2008/nfdsb1.html）。

[46] 北島、南方都市報〈《今天》的故事——北島訪談錄〉，《今天文學雜誌網絡版》（http://www.jintian.net/fangtan/2008/nfdsb1.html）。

[47] 洪子誠、劉登翰著《中國當代新詩史（修訂版）》（北京：北京大學出版社，2005），頁190。

眾家論述裡皆有志一同地避重就輕。配合著這款「懸缺」的評析手法，不外乎：「限於篇幅，筆者只能簡單地摘引一些詩句，採用中國古代『詩話』的方式，略作點評」[48]，表面上將詮釋的權力交還給讀者和詩作本身，骨子裡，卻是割裂完整的作品脈絡，以零碎詩句之偏，概完整詩意之全。沒有人真正在乎北島是怎麼從英雄的盛名裡，找到通往平凡存在之路的。

　　北島在一九八○年代詩作裡呈現的「在沒英雄的年代裡／我只想做一個人」之歷程，從字詞表面看來，與第三代詩人從「『一代人』逃向『一個人』」[49]頗為神似，但實際上，北島的精神向度與後現代著重的意義消解，立場實為天差地別。北島詩作裡濃重的存在主義表明了：「他（作家）的工作不是崇拜精神事物，而是美化精神。美化精神即更新精神……作家將要更新這個世界，以便在一個自由的基礎上，將它交付於各種自由」[50]。信仰自由且致力於實現自由的北島，在〈走向冬天〉和〈履歷〉重構了一代人和自己的面貌，接著藉由〈同謀〉與政治脫勾，於是得以在〈另一種傳說〉裡真正擺脫一代人之「英雄」的勸諭角色。此間的改變，雖然重新畫定北島之於一代人的意義，不過，詩人並沒有改變自己對一代人的使命感，這些發自存在主義信念的微調，是為了讓自己的詩作更貼近存在的

---

[48] 陳超〈北島論〉，《文藝爭鳴》2007 年 08 期（2007/08），頁 97。而以此「詩話」為評析手法的論者，尚有如：一平〈孤立之境——讀北島的詩〉，《詩探索》2003 年 3-4 期（2003/12），頁 148-149。楊四平〈北島論〉，《涪陵師範學院學報》第 21 卷第 6 期（2005/11），頁 27-28。羅云鋒〈北島詩論〉，《華文文學》總第 76 期（2006/05），頁 72-73。

[49] 陳大為〈從裂變與斷代思維論大陸當代詩史的版圖焦慮〉，《香港文學》總第 252 期（2005/12），頁 49。

[50] 沙特著，劉大悲譯《沙特文學論》（臺北：志文出版社有限公司，1980），頁 181。

虛無、荒謬以及生命的悲劇本質，畢竟，這些才是比政治更為根本的普世存在價值。

在重新錨定了自己和現實社會的關係之後，北島的表達方式亦隨之修正。早前為了錨定關係所做的生平回顧已經達成階段性的任務，關於「歷史」、「政治」和「英雄」的話題可以稍歇，「現在」則重回北島的視野。視線落點的位移，並不影響北島拆解現實世界之於存在的對立及壓迫。兩者之間緊密卻又弔詭的對抗關係，彌漫成無所不在的窒悶感，〈單人房間〉裡莫名所以的仇恨以及無處發洩的憤怒，皆由此而生：

> 沒有門窗，燈泡是唯一的光源
> 他滿足於室內溫度
> 卻大聲詛咒那看不見的壞天氣
> 一個個仇恨的酒瓶排在牆角
> 瓶塞打開，不知和誰對飲
> 他拼命地往牆上釘釘子
> 讓想像的瘸馬跨越這些障礙[51]

身體滿足於燈泡所提供的光與熱，於是身體裡看不見的暴戾情緒只能言不及義地詛咒實際上無可詛咒的天氣。無名的戾氣不是轉嫁在麻痺所有感覺的酒精，就是發洩在喚醒痛覺以遺忘其他知覺的捶牆之舉。從酒瓶裡生出來的瘸馬，配合著跨越牆上徒手造成的障礙，這顯然是一則夾雜著悲哀和身不由己的惡意玩笑。在沒有外來資訊干擾且價值一統的國度裡，大部分生活於此的個體必

---

[51] 北島〈單人房間〉，《北島詩選》，頁 166。

然能配給到良好的自我感覺，不過這對於「大部分」的例外，那些想要更多資訊、不想要統一標準的「存在」而言，與群體相左的個人利益以及與陳年律法衝突的簇新玩意兒，往往交織成內外交迫的生存壓力。

處於壓力之中的生活，也就難免衍生出寄託於酒精、捶牆拍凳之類失控的舉動。而瘸馬和牆釘所不能化解的失意，就需要有更激烈的方式以提醒自己的存在。「血濺三尺」的激烈程度，對北島來說還挺適用的。選來作為濺血的犧牲，雖然北島比較想看見自己的血如「霞光般飛濺」[52]的畫面，不過為了存在的責任，商請臭蟲客串就行了，那拍上天花板的鞋底紋路，成為證明自己又活過一關的印迹。這種對抗的態度體現了卡繆的存在信念：「逃避是對生活的褻瀆，對自身的否定也是對生活的否定……，應該活著來對抗荒謬」，而「持久忍受荒誕命運的勇氣」以及「勇敢地承擔起悲劇性的命運」[53]，則是反抗的自信來源。〈觸電〉[54]是另一首令評論家印象深刻，並常常引為代表北島詩作裡存在主義成份的指標性作品[55]，詩行裡描述的，無論把手伸向何方，總是落得觸電慘叫的下場，是與〈單人房間〉中，全世界卻與一個人為敵的狀況相同，它們揭露了沒有「上帝」──或無上權威──

---

[52] 北島〈單人房間〉，《北島詩選》，頁 166。

[53] 張容《阿爾貝・卡繆》（臺北：遠流出版事業股份有限公司，1990），頁 90-91。

[54] 北島〈觸電〉，《北島詩選》，頁 163。

[55] 例如：吳尚華《中國當代詩歌藝術轉型論》（合肥：安徽教育出版社，2004），頁 222-223；汪劍釗《二十世紀中國的現代主義詩歌》（北京：文化藝術出版社，2006），頁 154-155；陳超〈北島論〉，《文藝爭鳴》2007年 08 期（2007/08），頁 89-99；王慧〈走近那座料峭的孤島──閱讀北島的〈觸電〉〉，《安徽文學》2008 年 05 期（2008/05），頁 154-155；皆是以〈觸電〉為北島創作中表現存在主義的代表性作品。

的罪惡，便是「一切都要靠自己，自由的限度就是人要對自己的行動負責」[56]。

與〈單人房間〉和〈觸電〉所描寫之生存壓力互為表裡的作品，北島特別地用了類似於連環結的句式，來闡述在生命程序裡實踐自由時必經的重複軌跡。例如:〈回聲〉[57]中為別人送葬的「我」最後也成為被送葬的人，而〈寓言〉裡從環環相扣的「他不再是寓言的主人」[58]到「他是他的寓言的主人」[59]，道出生命是不停地迷失與尋找之歷程；雖然〈期待〉[60]只在最後一節設定了扣連的意象，但還是能清楚地讀出人們總是不由自主地重複歷史盲點的悲哀。北島在這些連綴的詩節裡突出了現代漢詩的環形結構「表達挫折感和無力感」[61]之功能，這使得存在雖然荒謬，卻也嚴肅。

在帶有荒謬意味的人生裡竭力反抗的同時，還能保持跑跑瘸馬或追殺臭蟲的彈性；在沒有終極意義的生活裡，「一切吸引人的事物都具有同等的價值。人無法掌握未來，只是體驗現時。在這種無盡的生活體驗中，表現出一種悲壯的崇高」[62]。存在悲劇裡的悲劇英雄——北島，於此再度亮相。

---

[56] 張容《阿爾貝・卡繆》（臺北：遠流出版事業股份有限公司，1990），頁91-92。

[57] 北島〈回聲〉，《北島詩選》，頁128-129。

[58] 北島〈寓言〉，《北島詩選》，頁157。

[59] 北島〈寓言〉，《北島詩選》，頁158。

[60] 北島〈期待〉，《北島詩選》，頁162。

[61] 奚密《現代漢詩：一九一七年以來的理論與實踐》（上海：上海三聯書店，2008），頁144。

[62] 張容《阿爾貝・卡繆》，頁92。

結　語

　　一九七九年之後的北島，首先是以愛情為創作的大宗。這是延續著一九七七、一九七八年以來的寫作思維，雖然一九七九年亦是《今天》的偉大事業正如火如荼展開之時。北島以一九七〇年代的詩作回應時代的熱情，至於真實的自我則躲進美好的愛情裡，感受真實世界裡難得的片刻寧靜。只不過北島在寫作愛情之時，總還是無可抑制地將危機感滲入情詩，這使得詩作中本該安詳的氣氛，紛紛染上濃重的憂愁。情詩裡的離愁，在北島其他的詩作裡，則呈現為遠走高飛的擘畫，詩人在以海洋為題的詩作裡，道盡了離開的渴望。

　　直至北島領悟出，籠罩愛情的陰影與飄浮著夢想的海洋皆是出於對未來的焦慮後，北島再度攀緣著存在主義的信條，試圖理解「現在」，進而理清「未來」之謎。此時延用的存在主義與一九七〇年代的存在主義實無分別，只是北島學會了由存在的死亡本質，來看待世界。也因為一九八〇年代的視點位移，詩人決定藉著重新翻修自己的過往，以決定自己和世界的關係。憑著死亡的通透解析過去的實踐，「一代人英雄」之聲名形成，也不過是與其所抵制的政治體制如出一轍的運作結果。啟蒙和反抗的熱誠十足，只是襲用自官方諭令的表達模式，將一切努力弱化為一種政治性的作為。

　　為了以更純粹的方式表達存在主義的使命，北島將自己之於「一代人」的領導責任和政治角色分離，還原成為一個平凡存在的詩人。這種改變對應到詩作中，便是致力於貼近生命的虛無與荒謬，就此揭露比政治信念更為根本的存在思索。存在主義也毫無意外地，深

入北島在一九八六年致力寫作的長詩——〈白日夢〉。這首由二十三個小節連屬成的鉅作，依舊縈繞在存在主義的核心議題之上，迴環往復地述說著存在的掙脫歷程，以及「悲劇的偉大意義啊／日常生活的瑣碎細節」[63]。

　　一九七九年至一九八六年，北島創作的第二個階段，以生存困惑起始以存在主義的洞察為終。此後北島自陳：「記得八〇年代中期，當『朦朧詩』在爭論中獲得公認後，我的寫作出現空白，這一狀態持續了好幾年，如果沒有後來的漂泊和孤懸狀態，我個人的寫作只會倒退或停止」[64]。雖然一九八七和一九八八年北島的創作是一片空白，不過，從上述的陳述推敲，北島自認在身體漂泊和精神孤懸的狀態裡，反而得到了寫作的進展——北島一九八九年之後的詩作仍然是令人期待的。

---

[63] 北島〈白日夢〉，《北島詩歌集》（海口：南海出版公司，2003），頁 90。

[64] 北島、唐曉渡〈我一直在寫作中尋找方向——北島訪談錄〉，《詩探索》2003年 3-4 期（2003/12），頁 171。

第四章　天涯之外

——北島詩歌中的流亡意識（1989-1992）

緒　言

　　一九八五年前後，北島先是以訪問學人的身分，走出中國大陸國門，但隨後發生的「六四天安門事件」將原本單純的地域轉移，「升級」成富於政治意涵的隔離。曾經以吶喊「我──不──相──信！」撼動一九七○年代中國政壇及詩壇的北島，自然被拒於國門之外。返鄉不成，北島只得在一九八九年後，展開他六年、七國、十五家、「差點兒沒搬出國家以外」[1]的飄流。

　　然而，二十世紀尾聲的「飄流」，絕不只是字面上的蕩漾不定，各式各樣的流離，在近年來風行的各種主義和學說裡，都有細緻、嚴謹的界定和指涉。北島被中國拒絕的理由，從少數論及

---

[1]　北島《藍房子》（臺北：九歌出版社有限公司，1998），頁 203。

此一議題的敘述裡揣測，大抵源於「不當」的政治舉動。李歐梵在《午夜歌手》的序言寫道，北島是「在（一九）八九年初主動地發起釋放魏京生的簽名運動，終至於流亡歐洲」[2]，而另一篇文論，則說北島在一九八九年五月的國際筆會上「演出了一場鬧劇」[3]，並隨文註解此事與魏京生有關。除了聲援魏京生一事，依北島自己的看法，當時在天安門廣場上的學生以他的詩句為抗議標語，讓他與中國政治的關係愈加複雜[4]。六月四日的天安門事件與北島的飄流或許沒有直接關係，但不可否認，這事件促使中國當局緊縮社會控制，而北島在海外的行止恰好觸動了當時敏感的政治神經。

既然是政治干預了回返之門，那麼一九八九年以後的周遊，便再也不是「旅行」的自在愜意，去國的終點不是回國，棲身之所只能安置在連空氣都顯得陌生的異地。再者，推算北島自陳的搬家頻率，那堪稱瘋狂的遷徙，無論怎麼推敲，都不足以用「旅居」的安定感加以涵攝。隱含於「旅行」和「旅居」的來去自如，在這裡是無可奈何；或行或居，標誌在通報上的身分註解，除了是外在的印記，我們在一九八九年後的作品裡，也可以讀出，北

---

[2] 李歐梵〈既親又疏的距離感（序）〉，《午夜歌手》（臺北：九歌出版社有限公司，1995），頁 14。

[3] 陳紹偉〈重評北島〉，《文藝理論與批評》1990 年第 5 期（1990/10），頁 120。在此文中，陳紹偉建議參閱金堅范〈國際筆會與魏京生和北島〉，《文藝理論與批評》1990 年第 1 期；但該期並無此篇文章，無從查證陳紹偉所言的「鬧劇」為何。

[4] Bei Dao, and Siobhan La Piana. "An Interview with Visiting Artist Bei Dao : Poet in exile." *The Journal of the International Institute* (January 1999). (http://www.umich.edu/~iinet/journal/vol2no1/v2n1_Bei_Dao.html)

島用以表達想法的遣詞用字，也不由得沿著這道無形卻具體的圍籬延展。

對此情境，林幸謙嘗試用「離散語境」[5]加以概括，但嚴格意義的「離散」（Diaspora），多涉及大規模的族群遷徙。因著「族群遷徙」而衍生的錯綜政治、交雜文化以及曲折歷史，是這個詞的核心意義。即便北島擁有和族群遷移一樣被迫遠離家園的事實，但並非所有的流離失所，都等同於離散的情境。將孤伶伶的北島一人，放在那個須要龐大「族群」佐證的詮釋脈絡，不僅顯得失焦，而且有將「離散」的意義過度簡化之虞。定義得越精準，「離散」一詞與北島（流亡狀態）的距離就越大；與其強行套用「離散」的概念，不如將北島置於離散論題開展之前的「流亡」裡，重新進行界定與討論。非自願地離開家鄉，是構成流亡的首要條件，流亡之後的發展，或許可能衍生出離散的論述，但就詩論詩，北島的字裡行間，很難找出這類偏向後殖民主義、討論顛覆或新創文化／政治的企圖。

北島在一九七〇年代萌發，並於一九八〇年代推進的個性自覺，透過〈回答〉、〈結局或開始〉以及〈履歷〉、〈同謀〉確立其「知識分子」的胸懷，而「知識分子既不是調解者，也不是建立共識的人，而是全身投注於批評意識，不願接受簡單的處方、現成的陳腔濫調，或平和、寬容的肯定權勢者或傳統者的說法或作法。不只是被動的不願意，而且是主動地願意在公眾場合這麼

---

5 林幸謙〈當代中國流亡詩人與詩的流亡──海外流放詩體的一種閱讀〉，《中外文學》第 30 卷第 1 期（2001/06），頁 33-64；以及〈無主之詞／一聲淒厲的叫喊──北島的流放語言和離散語境〉，《文學世紀》總第 18 期（2002/09），頁 14-18。

說」[6]。在一九八九年流亡之後，「中國」仍然是詩人割捨不下的鄉音，回首原鄉中國和自己的複雜關係，以及深入文字和詩藝考慮存在的問題，仍佔北島流亡後詩作的大宗。在流放地掙扎著求生的同時，卻止不住地往記憶裡的家國尋找情感的慰藉，即使身處異域，針砭中國的筆觸卻也不曾停歇。將此流亡的際遇以薩依德（Edward Said）的「知識分子」脈絡解釋，那便是永遠在新環境與舊回憶間徘徊，且反覆挑戰知識與自由限度之「知識分子的流亡」[7]。

這款「流亡」絕對是比「離散」更符合北島生命情境的形容。

流亡前與龐然中國的對峙，現在變成失卻對手的棋局，這位曾經啟蒙過的一代讀者的詩人，在另一場苦難中載浮載沉。抽離了中國（政治）語境的北島，得開始處理自己的困境，它們大約是語言的隔閡、生活的細節，還有許多無眠的夜晚。流亡，遂成為創作的底蘊。在難以言說的國度裡，費勁地使用中文思考，北島以三冊堅實的詩集，頑強地回應了流亡途中的沉痛與孤獨。用「堅實」和「頑強」來形容北島其人其詩，是因為我們同時注意到在一九九〇年被驅逐的貝嶺。二〇〇六年貝嶺在臺灣出版的詩集《舊日子》，流亡後的創作僅錄有五首，而其中三首更寫於一九九一年以前。繆思女神並不特別眷顧流亡的詩人，流亡的主題未必能夠成就詩人的創作。

即使流亡是個無可否認的事實，但在中國評論家的視域裡，流亡之於北島常常是一項存而不論的細節。或許，是流亡所觸及的敏

---

[6] 艾德華・薩依德著，單德興譯《知識份子論（增訂版）》（臺北：麥田出版股份有限公司，2004），頁 59-60。

[7] 艾德華・薩依德著，單德興譯《知識份子論（增訂版）》，頁 85。

感政治，令中國評論者避之唯恐不及地閃躲大部分必須正面耙梳流亡前因後果的場面[8]，字面意義上的「流散」[9]或者沒有任何註解的「流亡」[10]往往成為評論者對北島一九八九年後創作背景的籠統概括；但也有可能，是「同代人」的心理，讓當代執掌論壇之能言者，始終期待著北島振聾發聵的警語，以致於無視流亡後詩作轉趨低沉的意義。與中國評論者相反，西方學界的觀點，總不啻將北島和流亡並置。無論是一九九一年出版的 *Old Snow*，還是一九九六年 *Landscape Over Zero*，在它們的書扉上，「Exile」及同義的字眼時常在作者介紹裡被啟用。從政治層面切入的流亡閱讀，固然是將流亡視為北島創作的主要情境，但我們總結這種說法而得的印象，卻是圍繞於六四學運，還有毛澤東及其後的中國政治趨向。無論中國或西方，都把目光聚焦於將北島拋棄的城邦，那，成就北島為詩人的「詩」呢？

　　要深入北島的思慮，首要掌握的不該是外圍的情勢，而應為北島如何咀嚼「流亡」的況味。

---

[8]　例如：陳超〈北島論〉，《文藝爭鳴》2007 年 08 期（2007/08），頁 95。陳超述及詩人一九八九年後詩作時，僅以國內、國外區別，卻隻字未提「北島移居國外」的理由。另，賈鑒〈北島：一生一天一個句子〉，《華文文學》總第 76 期（2006/05），頁 80-85，亦是如此

[9]　例如：羅云鋒〈北島詩論〉，《華文文學》總第 76 期（2006/05），頁 70-79。羅云鋒以「流散詩人」來定義北島，其所言之「流散」本是「離散」的別譯，不過追究羅云鋒所認知／註釋的「流散詩人」實非後殖民理論脈絡下的「離散」。詳見羅云鋒引以為註之賈鑒、湯擁華〈流散與歸來──多多詩歌二人談〉，《華文文學》總第 72 期（2006/01），頁 36；以及〈開欄語〉，《華文文學》總第 72 期（2006/01），頁 21。

[10]　楊四平〈北島論〉，《涪陵師範學院學報》第 21 卷第 6 期（2005/11），頁 28。

在流亡期間以母語寫作，詩人和文字的不尋常關係，除了滲透著流亡生活的苦澀，寫作的內在追尋之於詩人的意義，才是真正造就其流亡詩特質的主要因素；唯有從這一個根本的創作路徑出發，我們才能看出——通過流亡的距離，北島如何思索自身與原鄉的連結。北島流亡後，用九年的時間舖陳三冊詩集，它比起任何分秒必爭的訪談或講演，更有可能將詩人的意志表達完整。透過詩，我們才有到達北島的可能；一切從流亡情境延伸出的中國討論、政治研商和人權關懷，至此，才算獲得了論辯的空間。

從已然定型的「北島論述」裡，為其流亡詩廓出「論辯空間」，是本文最重要的任務。紀錄著北島流亡初期思緒歷程的《在天涯》（1993），將是本文據以言說的資源，其餘詩集《零度以上的風景》（1996）和《開鎖》（1999）等，則是交互參考的文本。薩依德於〈知識分子的流亡〉[11]裡對流亡視角和邊緣身分的觀察，是本文界定北島流亡的參照，另外以中國流亡者為主體的文集《不死的流亡者》[12]亦是切近北島流亡生涯的輔助。在這些基礎之上，本文試圖離析流亡意識之於詩人創作的影響，進而架構出北島於流亡詩作裡的自我定位，以探討詩人自流亡中收穫的見地之於其創作的進展。另須加以說明的是，雖然一九九五年出版的《午夜歌手》，亦收有一九八九年後作品，但考慮其收錄的時限跨出本文所要討論的範圍，且關乎流亡年歲的詩作，亦於《在天涯》及《零度以上的風景》分別收錄；為顧及詩集的完整和行文的簡

---

[11] 艾德華·薩依德著，單德興譯《知識份子論（增訂版）》，頁85。
[12] 鄭義主編《不死的流亡者》（臺北：印刻文學生活雜誌出版有限公司，2005）。

潔，故捨《午夜歌手》不用，與自選集《北島詩歌集》（2003），
一併列為參考。

第一節　詞與流亡

　　北島在一九八五年之前的漫遊──例如大串聯，或者扒火車
──絕無越出國境的意外，中國人民的遷徙自由到了一九八〇年
代仍是收攝在政治之下的決策，就連一九八五年北島計畫前往西
德等歐洲國家訪問的離境程序，也是「花了好幾個月辦手續，竟
原地踏步，連縣衙門這一關都沒過。幸好胡耀邦親自干預，最後
一刻才放行」[13]。有了第一次的出國經驗，再加上執政者「親自干
預」的庇佑，一九八五年至一九八八年間，北島展開一段在歐洲
大陸上流連徘徊兼及談詩論藝的「旅程」。將這幾年間的遊歷限定
為「旅程」，是因為這段時間內，北島的「中國身分」尚未失效，
中國護照還是北島憑以進出國門的認證，直到一九八九年六月四
日天安門事件發生，「旅行」的意義才驟然質變。源自於生命內在
的動力和文化大革命的經驗，北島並不介意離鄉背井、出外遠遊，
「自蹣跚學步起，就有某種神秘的衝動帶我離開家鄉，外加時代
推波助瀾，讓我越走越遠」，然則，詩人無法預料到的，是離鄉的
衝動不停地把他與家鄉的距離拉遠、「遠到天邊，遠到有一天連家
都回不去了」[14]。

---

[13] 北島〈旅行記〉，《青燈》（南京：江蘇文藝出版社，2008），頁 138。
[14] 北島〈旅行記〉，《青燈》，頁 139。

　　一九八九年六四天安門事件發生之時，北島身處西柏林，在離開西柏林後，「接著挪到挪威首都奧斯陸……。直到那時我才意識到回不了家了」[15]，北島的流亡生涯自此啟算，此刻是一九八九年的九月。收錄著北島一九八九年至一九九二年詩作的作品集《在天涯》，即是對應著這段流亡初始的思緒墨跡，不過，香港牛津大學出版社的《在天涯》，並沒提供足夠的線索令藉以分輯之年份，透顯出時間的內在意涵，幸而《在天涯‧舊雪》英譯本 *Old Snow*[16] 一書的譯者序言及編輯架構，補充了許多於原始版本裡闕如的事件細節。

　　Old Snow 的編輯，是依北島一九八九年自德國出發，接著轉進挪威、瑞典之行跡而分輯的。依譯者 Bonnie S. McDougall 的序言，開卷的柏林之輯，主要是北島一九八八年底到一九八九年六月前後的八首創作[17]；重新提起閒置了將近三年的詩筆，北島在筆觸間仍維持了細膩省察的底蘊，反應中國重大政治事件的〈悼亡——為六四受難者而作〉[18]，尤能顯現詩人一貫的人道主義關懷。進入奧斯陸、斯德哥爾摩之輯，甚至是更往後的創作，詩人的寫作則不得不與「回不了家」的具體內涵互為表裡，那是在流亡生涯「僅頭兩年，據不完全統計，就睡了一百多張床」[19]、平均一個定點待不上六天的漂泊。北島除了得想方設法安頓身體，在繁忙的遷移行程裡隨著精神弛張而起伏的情緒，其實更嚴苛地考驗著詩人與「流亡」共處的毅力。

---

[15] 北島〈搬家記〉，《藍房子》，頁 204。

[16] Bei Dao, *Old Snow*. New York: New Directions,1991.

[17] Bonnie S. McDougall. "Preface." *Old Snow*. New York: New Directions,1991. p. xi.

[18] Bei Dao, *Old Snow*. New York: New Directions,1991. p10.

[19] 北島〈旅行記〉，《青燈》，頁 139。

　　出生於一九四九年的北島，隨著中華人民共和國的建置進程，經歷過一個又一個政治狂潮，階級鬥爭、思想改造、下獄伏法等等，是北島及同時代人再熟悉不過整肅手段。即使北島對中國政府的政治運作模式擁有「豐富」的經驗，然而流亡，卻還是列名於這些範疇之外的政治制裁。逸出所有生活經驗之外的命運，成為一頁無法構畫的未來藍圖，一九八○年北島寫在〈紅帆船〉[20]裡的，走向大海和落日、絕不回頭的勇氣，至此不再只是人生態度的自我期許；流亡的處境讓曾經閃現於詩行的愛戀抉擇以及離開渴望，皆一一具體為詩人流亡生活裡的日常實踐。無法借助經驗及盟友、僅能從每一個日子裡點滴拓展的流亡內容，亦在北島重新提筆後的詩作中緩慢浮現。

　　起先，「流亡」是一個無以名狀的概念。

　　在寫於奧斯陸的無題詩裡，北島直言不諱地宣告：「詞的流亡開始了」[21]。這列詩句是整首詩裡僅有的落單詩行，不僅如此，它還肩負起總結全詩的任務。以一行七個字的詩句作為一個完整的詩節，甚至是一首詩的結束，詩人用了最極端的強調語氣突顯這個詩句的份量。然而，這首詩的特異之處，還不在於北島的極端和強調，那是流亡者堅不可摧的立場，真正引人注目的，是無題詩的曖昧性格與這種強調立場的不相稱。「流亡」既然已是這首無題之詩裡令人難以錯過的關鍵，那麼北島若不是想要隱去過於明確的指涉，便是詩人無力為這道思緒歷程加以命名，無論北島是不願或是不能，這首詩之所以無題的迂迴曲折，都已經達到它啟人疑竇的效果了。

[20]　北島〈紅帆船〉，《北島詩選》（廣州：新世紀出版社，1986），頁63-64。

[21]　北島〈無題（他睜開第三隻眼睛）〉，《在天涯》（香港：牛津大學出版社，1993），頁15。

　　再者，一旦深入〈無題（他睜開第三隻眼睛）〉便會覺察，結束
詩節以外的文字，實際上還是綰合在「流亡」之上的，如此看來，
詩人雖然暗示了「流亡」的無以名之，但由此演繹出的詩節，卻又
表現出「流亡」並非不可講述的內容。這番彆扭的欲言又止，反倒
舖陳出一條通向北島思緒的路徑：

> 來自東西方相向的暖流
> 構成了拱門
> 高速公路穿過落日
> 兩座山峰壓垮了駱駝
> 骨架被壓進深深的
> 煤層[22]

帶著得自中國經驗的思想基底在歐陸流浪，由定居與流浪、中國
與歐陸交織而成的生活差異，一併匯集到流浪者的行程之中，無
路可退的北島只能走進由異文化張力弓成的拱門裡，陷入快速變
動、無止境奔忙，乃至於筋疲力竭的失序狀態。同時駝伏著東方
思維和西方品味踽踽獨行，即便北島還想像著駱駝開通絲路時的
任重道遠，但兩座高危沉重的文明山崖，還是令流亡初期的北島，
難以喘息。被壓垮了骨架並深埋進煤層的駱駝，顯然是詩人對自
己生存境況的悲觀比喻，不過，身為鬥志高昂的存在主義追隨者，
對於荒謬的人生際遇，北島仍保留著忍受和接受的韌性，會這麼
說，是因為在接下來的詩節裡，北島將流亡的困躓感，換上另一
款生動的形容：

---

[22] 北島〈無題（他睜開第三隻眼睛）〉，《在天涯》，頁15。

　　他坐在水下狹小的艙房裡

　　壓艙石般鎮定

　　周圍的魚群光芒四射

　　自由那黃金的棺蓋

　　高懸在監獄上方

　　在巨石後面排隊的人們

　　等待著進入帝王的

　　記憶[23]

縱然這裡寫的是第三人稱「他」的感受，但藉著詞格的替代轉換情緒，亦不失為創作者用以冷靜情緒、沉澱想法的方式。畢竟這首〈無題〉是詩人首度言及流亡的作品，北島捨棄稍不留神便易流於冗長傾訴的散體文字，試著以節制的詩行來凝練思緒。「他」帶著遠離故土的疏離／陌生感，穿行在如魚群般悠遊的異國公民之間，孤立無援且隔閡重重的外在世界，令詩人覺得自己像是被禁閉在潛艇艙房內的禁臠。從原本僵固的生活節奏中脫離，並不意味著獲得全然自由的保證，即使在脫序如流亡的情境中，「自由」仍是道有待突破的身心關卡。無論北島的在或不在中國，由中國政治體系衍生出的自由議題，依舊不改其迷人的質感以及動輒得咎的本色。在過去的二十年間，北島都是向威權的巨石扣問自由的異議者，如今流亡造就的政治處境，使得詩人的不同政見徹底成為執政者眼下的不見，只合化約為一道等著被善忘的帝王記憶收納的名字。

---

[23]　北島〈無題（他睜開第三隻眼睛）〉，《在天涯》，頁 15。

　　失卻國家的同時，北島亦一併地失去了置喙於中國的權力，然而，從北島參與的部分中國當代詩史看來，詩人可以被壓抑、可以被忽視，甚至也可以被驅逐，但只有在其自願歇筆時，才能暫時限制詩人的寫作能量。與「詞的流亡」互為表裡的「詩人之流亡」，意味著北島並不會因為流亡而放棄創作，更何況，在這首無題詩裡，「流亡」還是一個沒有性狀、未加修飾的「詞」，北島還需要更多的體驗和文字來補足這裡所懸缺的形容。只有詩人持續地寫作，「流亡」的主題也才有成立的可能。

　　北島一九八五年之前創作的精彩之處，在於擅長從中國社會與個人存在的摩擦邊際開展，既是討伐政治手段的媚俗，亦是揭露所謂「意義」、「標準」之虛偽。一九八九年後，北島因政治動盪而流亡異域的命運，即便仍是一場沿著政治利益與存在使命邊際展開的抗爭，不過，詩人自往常熟悉的戰場脫離，曾經習用的詰難姿態、反叛手勢以及啟蒙省察，皆被封鎖在重重的汪洋和大陸彼端。一九八六年之後寫作陷入停滯的北島，在千山萬水之外再度遇上這個似曾相識的議題，地域和位處的改變似乎帶來了重新審視議題的契機，北島肯定從中發現了什麼，不然詩人也不會在流亡十多年後的訪談裡說道：「記得到八〇年代中期，當『朦朧詩』在爭論中獲得公認後，我的寫作出現空白，這一狀態持續了好幾年，如果沒有後來的漂泊和孤懸狀態，我個人的寫作只會倒退或停止」[24]。既然「漂泊」和「孤懸」狀態，是迫使北島創作前進的壓力，那麼試著體會北島所理解的，導致漂泊及孤懸的「流亡」處境，便是趨近詩人這一階段創作必經之路。

---

[24] 北島、唐曉渡〈我一直在寫作中尋找方向──北島訪談錄〉，《詩探索》2003年3-4期（2003/12），頁171。

　　寫於挪威的〈無題（他睜開第三隻眼睛）〉，雖屬詩人初初觸及
「流亡」時的速寫，不過北島在這裡所概括的流亡印象卻直接影響
著往後的創作，尤其是收錄在「奧斯陸之輯」中的作品，大都足以
用來補充甚至擴大這首無題之詩的意蘊。例如，在〈早晨的故事〉
裡：「一個詞消滅另一個詞／一本書下令／燒掉了另一本書／用語
言的暴力建立的早晨／改變了早晨／人們的咳嗽聲」[25]，北島以輕
巧的「詞」作為挑起中國政治的支點，而被迫改變的早晨，除了是
一九八九年之後中國人民擁有的，也是詩人擁有的那一個，於此北
島無力回天，只能預言著毀滅。至於獨在異鄉為異客，以寫作化解
孤獨的靈感，源自於：「大雪復活了古老的語言／國家版圖變幻／
在這塊大陸上／一個異鄉人的小屋／得到大雪的關懷」[26]；而用以
克服北歐永夜陰霾的憑依則是：「僅僅一瞬間／一把北京的鑰匙／
打開了北歐之夜的門／兩根香蕉一隻橙子／恢復了顏色」[27]。

　　上述的作品固然傳達出了某些流亡的境遇，不過，只要對中
國的政治型態稍微瞭解，就會體認到，中國知識份子的政治性陳
述，在「正常」的狀況下，其實皆被歸為一抹抹過眼的雲煙，是
以，不論北島流亡與否，詩人任何針對性的發言，是激不起執政
者任何興趣的，它們激起的頂多只有「帝王」權威擁護者的憤怒。
至於詩人筆下的孤獨，它們固然映照出了一部分的流亡心境，不
過若將這些作品各自封閉為獨立的文本來看待，字裡行間的孤寂
之感雖不至於遺失，但其與「流亡」的必然連結卻不再顯見。針
砭無望的政治和勾勒孤寂的生命等等，北島向來擅長的主題，在

[25] 北島〈早晨故事〉，《在天涯》，頁16。
[26] 北島〈舊雪〉，《在天涯》，頁18。
[27] 北島〈僅僅一瞬間〉，《在天涯》，頁19。

此時即使仍表現得未失水準，但它們無法將詩作的意念導引向準確無誤的流亡歧路。幸而，奧斯陸之輯只是北島書寫流亡的開始，詩人還需要一些時間；這不僅是為了摸索著如何度過流亡的日子，也是為了尋找更適合用來表達流亡的關鍵。

第二節　北島的流亡征途

　　理解北島「流亡關鍵」的前提，是要對流亡的內容有一定程度的認識。只是，當「流亡」對流亡者來說已是無法預期的空白，對大多數一輩子註定與流亡無涉的平凡生命而言，那是連想像力都搆不著邊的巨大茫然。是以，要想深入北島流亡中的創作，除了反覆推敲詩人的作品之外，借助其他同樣具有說服力的流亡經驗，以模擬北島彼時的心境，是令流亡詩作的解讀更切近詩人之思的唯一方法。薩依德的《知識份子論》與由鄭義、蘇煒、萬之、黃河清主編的《不死的流亡者》，則是此處所要借重的外援。薩依德依自身流亡經驗，提出的一套流亡者獨特生存空間和社會責任的討論框架，是觀察北島如何理解並實踐「流亡者」職責的基礎模型。至於《不死的流亡者》，其策畫編輯小組在後記裡將這冊文集形容為：「由流亡者或自我放逐者集體自述其生活與感受的書，這恐怕還是天下第一本」[28]，北島流亡之「生活與感受」雖然未列於此書的「集體」之中，不過憑這「天下第一本」以及作者群的

---

[28] 策畫・編輯小組〈後記：千載已過，東坡未死〉，收入鄭義主編《不死的流亡者》，頁454。

「中國」旗幟，作為理解北島流亡生活的輔助，應不失為一項具有指標意義的參考資料。

　　薩依德在〈知識份子的流亡〉中，曾簡要地概括了流亡者的困頓：「對大多數流亡者來說，難處不只是在於被迫離開家鄉，而是在當今世界中，生活裡的許多東西都在提醒：你是在流亡，你的家鄉其實並非那麼遙遠，當代生活的正常交通使你對故鄉一直可望而不可即」[29]。而在《不死的流亡者》中，例如：胡平、馬建和康正果等多位擁有流亡經驗的創作者，則分別提到了中國流亡作家的創作之難。「一個流亡作家，在國外首先消失了自己的特長，去找一份混飯吃的職業。另外，失去了語言環境，重新學習一種語言，你便對自己的社會也淡漠了」[30]，於是「流亡作家往往必須花更大的力氣去調整自己以適應海外的生活。……他必須始終保持對本國狀態的深刻感覺，必須始終保持對母語運用的高度技巧。換句話，他必須在努力進行調整適應的同時，又努力地抗拒調整適應」[31]。隨著流亡的時間增加，北島的流亡里程也來到了相同的「失語」、「疏離」和「鄉愁」之適應瓶頸。這些困頓，自然更不是表現不出流亡距離的政治評議，或者填不滿流亡之詩意空缺的孤獨感觸所能涵蓋的內容了。在這種情況下，和大多數的流亡者一樣，北島亟需比家國意識或者存在意義這些抽象概念更強而有力的情感連結。

　　鄉音，是北島最後找到，用來表達流亡「孤懸」與「漂泊」的樞紐。遠離故土的「中文」──這款貌不驚人卻因流亡而意義非凡的載體──成為同時介入詩、流亡和家國的完美媒介：

---

[29] 艾德華‧薩依德著，單德興譯《知識份子論（增訂版）》，頁86-87。

[30] 馬建〈走回北京南小街〉，收入鄭義主編《不死的流亡者》，頁192。

[31] 胡平〈為理想而承受苦難〉，收入鄭義主編《不死的流亡者》，頁149-150。

> 我對著鏡子說中文
>
> 一個公園有自己的冬天
>
> 我放上音樂
>
> 冬天沒有蒼蠅
>
> 我悠閒地煮著咖啡
>
> 蒼蠅不懂甚麼是祖國
>
> 我加了點兒糖
>
> 祖國是一種鄉音
>
> 我在電話線的另一端
>
> 聽見了我的恐懼[32]

在北歐的凍寒裡，北島只能和鏡中的自己交換流亡的心得，但演練中文的渴望並不滿足於這個從不回話的鏡像，無從宣洩的鄉愁在日常生活的片段裡，伺機而動。用以驅趕寂靜的音樂，成了突顯孤獨的跌宕回聲，看似悠閒的咖啡時光，卻無法令膠著在鄉音裡的失落跟著輕盈起來。來自電話彼端的中文音韻，反襯出北島與家鄉咫尺天涯的距離，濃重的愁緒使這個沒有蒼蠅的冬天，有著蒼蠅一般揮之不去的懷鄉夢魘。北島的「祖國」因流亡而縮略成鄉音，親密的鄉音卻也是映照著流亡處境的鏡子。

北島的「鄉音」，是一扇同時向著異域和祖國開啟的門。陷在愁緒裡面時，中文是抵禦流亡途中情感落失的最後防線；朝著異域，那咬嚼、把玩了將近四十年的母語，不只是一種擺脫不了的語言習慣，亦是流亡詩人僅有的、能夠完整表達自己的資源。流亡作家無可迴避的語言抉擇，北島在〈鄉音〉裡似乎有了定奪，即使這個決

---

[32] 北島〈鄉音〉，《在天涯》，頁 28。

定，是根植於離開中文便無以為言的殘酷事實。選擇鄉音的反面意
義，是在某種程度上拒絕外語的侵蝕，然而，在寫作〈鄉音〉的一
九九○年、流亡的第一年裡，堅持以流亡背囊裡僅有的中文資產，
應對外語環伺的生存野戰，流亡作家與真實世界的拉鋸可想而知地
益發劇烈。中文鄉音著實不像是詩人行走歐洲大陸時堪用為交際的
語種——提醒著流亡的語言，絕不只鄉音一種。

　　對照北島一九八九年到一九九三年間，流亡生涯的最前端且遷
徙最頻繁的幾年，行程涵蓋了德國、挪威、瑞典和丹麥，北島幾乎
是在北日耳曼語系的語族裡飄流。即使「那挪威話還挺耳熟，帶陝
北口音」[33]，但終究止於「耳熟」；這句在北歐永夜裡，以聒噪的電
視驅趕漆黑後所下的比擬，莞爾之餘更顯得慘澹而寂寞。適度的「陝
北口音」或許可以解解鄉愁，但長時間曝露在陌生的詞序與咬字裡，
需要太多的揣摩和警醒，回到避難的居所，〈夜歸〉的北島盡是疲憊：

> 經歷了空襲警報的音樂
> 我把影子掛在衣架上
> 摘下那隻用於
> 逃命的狗的眼睛
> 卸掉假牙，這是最後的詞語
> 合上老謀深算的懷錶
> 那顆設防的心
> 一個個小時掉進水裏
> 像深水炸彈在我的夢中
> 爆炸[34]

---

33 北島〈搬家記〉，《藍房子》，頁 204。
34 北島〈夜歸〉，《在天涯》，頁 36。

將語言織成的緊迫節奏阻擋在門外，匿於黑暗的影子終於在室內的燈光下重新現形，褪下外出服的一提一掛，影子模仿地唯妙唯肖。影子之於北島，一如北島之於生長於斯的當地人。意外的闖入者亟需脫去異國色彩的張揚，換上影子般低調的無色彩，並向那些合宜得體的生存範本，複寫一份合法的北歐慣性。隱匿身分的裝備，除了修飾身形的大衣和天賦異秉的模仿能力，還得有一副擅於尋覓出路的精明眼色、即使囫圇不清卻仍善於溝通的表達，以及時時戒備不容懈怠的察言觀色。北島的外出時光，瀰漫著戰火的煙硝味兒。帶著連番轟炸在中文腦海裡的混沌語言回家，支離破碎的語義使得一整天的奔波，有著夢遊般的不真實。

那些以北歐語言打造的炸彈，一再提醒並見證著北島的流浪，它們在戶外的交際生活中不斷累積，等北島回到家、靜下心之後，才會一起爆炸。畢竟逃命的狗眼、設防的心機和遣辭措意的努力，都有防止自己在大庭廣眾之下失態的意味，卸去武裝回復放鬆的狀態，空出來的心緒忖度過去的每個分秒，搏命的驚惶才趁隙湧上心頭。披加在本色之上的武裝，恰是流亡者流落異國的尷尬──在融入、不融入，或者融不入之間游離，北島得筋疲力竭地保持著平衡。

這種成為「巧妙的模仿者或秘密的流浪人」[35]的意圖，是另一種有別於鄉音的「若即若離」。鄉音以外的生存競逐與鄉音之中的情感牽繫，兩樣情節的若即若離，卻同是流亡的難過和難堪。如此「既非完全與新環境合一，也未完全與舊環境分離」[36]的處境，即是薩依德所定義的「中間狀態」（state of in-betweenness）[37]。

---

[35] 艾德華・薩依德著，單德興譯《知識份子論（增訂版）》，頁87。

[36] 艾德華・薩依德著，單德興譯《知識份子論（增訂版）》，頁87。

[37] 艾德華・薩依德著，單德興譯《知識份子論（增訂版）》，頁87。

　　對語言——無論母語或者外語——感到孤立和疏離，雖非流亡
的必備條件，不過這對北島鑽研文字創造意義的詩人身分而言，卻
正好形成一個觀察其流亡思緒的切面。與語言的關係一向親密的詩
人，如何在流亡的環境裡向母語借光，並倖存於「硝煙四起」的異
域，著實是一場對創作耐力以及生命韌性的艱鉅試煉。北島曾經解
釋過在流亡中創作的重要性：「在過去五年裡，生活的物質層面還算
過得去，但某些心裡的感覺卻是生活中最難受的。孤寂之感尤其難
熬。所以我覺得自己必須寫作。寫作是一件支持我不斷向前的事，
對我來說，這是一種自我保護的形式」[38]。北島寫作是為了對抗流
亡「虛浮」於兩端的孤寂，但是詩人完成的作品，卻是為了證明曾
經「存在」於中間的努力，由此看來，詩人並不僅僅是單純受困於
兩種語言中間，與語言互為表裡的自我意識，其實也陷落在表達邏
輯的間隙裡。

　　北島的〈收穫〉是一首架構於空間映襯和微觀視角的輕巧作品，
詩中述及的，蚊子之於詩人和黑夜的從屬關係，未嘗不是詩人對語
言和存在定位雙重落失之「巧妙的模仿者或秘密的流浪人」的戲謔：

　　　　我是被夜的尺寸
　　　　縮小了的蚊子
　　　　我帶著一滴
　　　　夜的血[39]

---

[38] Bei Dao, and Siobhan La Piana. "An Interview with Visiting Artist Bei Dao : Poet in exile." *The Journal of the International Institute*. (January 1999). (http://www.umich.edu/~iinet/journal/vol2no1/v2n1_Bei_Dao.html)

[39] 北島〈收穫〉，《在天涯》，頁 34。

蚊子夾帶的夜之血，是語言之弱水三千只取「中文」的一滴，因著流亡而自覺渺小的北島在同樣因著流亡卻是更加膨脹的世界裡，即使微縮成了蚊子，其所擁有的中文之血，儘管區區一滴，卻足以成為倖存的資本。中文、詩人和世界形成的層層套疊之集合，中文位居核心，詩人以意識和心智捍衛之，而世界，則是緊貼在詩人的皮膚，是流亡所呼吸的空氣，是包覆著詩人及其創作的「沒有尺寸的夜」[40]。流亡初始就感受到的「東西方相向」[41]的衝突，緊貼著北島，劍拔弩張。

面對沒有尺寸的黯夜，北島保持〈夜歸〉裡的警戒和低調，而內裡的幽微思路，則將詩人帶回記憶裡存在著鄉音的那個世界。《在天涯・舊雪》的創作，中國政治是與流亡心境交錯的寫作主軸。多所著墨的政治議題，沒有一九七〇年代的憤怒，也不是一九八〇年代的譏誚，流動在這些政治詩作裡的詩人口吻，鎮定異常，充滿了悵然和寂寥，卻沒有太多的感傷。北島不再提起理想政治的建議，自由的追求也從詩行裡匿跡，失去這些元素之後的政治之作，是一則則冷冽的證詞。流亡的心境須要向母語索取慰藉，以得到倖存的力量，但與懷鄉之情一同惹起的家國意識，卻一再以其冷冽的本質抵消鄉音的溫情。一直盤桓在冷與熱無窮衝突的北島，終於在〈致記憶〉裡疾聲指責記憶：「你步步逼近／暗含殺機／而我接受懲罰」[42]；無法遏止地在回憶裡逡巡，詩人視之為一道自我審判的程序，且「所有的審判／是一種告別

---

[40] 源出於北島〈收穫〉，《在天涯》，頁 34。原詩句為：「我是沒有尺寸的／飛翔的夜／我帶著一滴／天堂的血」。

[41] 北島〈無題（他睜開第三隻眼睛）〉，《在天涯》，頁 15。

[42] 北島〈致記憶〉，《在天涯》，頁 38。

儀式」[43]。這個告別的決定，令北島筆下的〈祖國〉蒙上了葬禮
的陰霾：

> 黑傘下的少女
> 鐘舌般擺動
> 我悄悄地潛入森林
> 聽見聲響時回頭
> 那隻鹿已消失[44]

這個〈祖國〉的故事場景，其實可以回溯至詩人寫於一九八三年前
後的〈同謀〉[45]。那個時候的〈同謀〉是北島努力辨明了自己政治
位處的弔詭後，進入存在主義另一層次之自我意識轉折。在〈同謀〉
之中，北島以為自己曾經付出的啟蒙努力，並沒有得到預期的效果，
一九八〇年代的中國在詩人眼裡仍然蕭索如昨，「或許只有墓地改變
了這裡的／荒涼，組成了市鎮」[46]。於是，流亡之後再度開啟的〈祖
國〉話題，就從舉行著葬禮的墓地開始。那隻北島從一九七〇年開
始便在中國政治範疇裡尋找，象徵著自由意識的鹿，到了一九八〇
年還沒找著，當時光推移至一九九〇年，詩人再也不著急著尋鹿了，
因為從流亡的政治程序裡證實，中國已經把那隻「鹿」搞丟了。被
送上流亡之路、再也無「鹿」可尋的北島，最終決定在詩裡一償一
九八〇年前後〈紅帆船〉[47]、〈船票〉[48]和〈港口的夢〉[49]裡的出海夙

---

[43] 北島〈致記憶〉，《在天涯》，頁 38。

[44] 北島〈祖國〉，《在天涯》，頁 39。

[45] 北島〈同謀〉，《北島詩選》，頁 117-118。

[46] 北島〈同謀〉，《北島詩選》，頁 117。

[47] 北島〈紅帆船〉，《北島詩選》，頁 63-64。

願，即使真實的狀況是，詩人得在風雨交加的政治氣候裡，匆促成行：

> 月光為粗糙的冬天
> 塗著清漆
> 在地板的縫隙下
> 海水激盪不安
> 我正在和我
> 修復了的你的尊嚴
> 告別[50]

在早已冰封的大地上，月光還為這不知何時融冰的區域塗上防止變質的清漆。曾在〈紅帆船〉目睹冰封，在〈走向冬天〉[51]洞悉寒害，乃至於在〈鄉音〉和〈夜歸〉裡深受其擾的北島，對於這種被塗上清漆的冬天再熟悉不過了。即使因為深知冰封大地得付出的代價高昂而隱隱不安，但詩人也只能站在船板上和浪濤一起驚悸。離開中國、步上放逐的里程，北島的流亡意味著中國政治威權再也不會遭遇到挑戰的異議；反過來說，出於政治意圖的流亡制裁，無疑是執政者維護其主政尊嚴的終極手段。北島在〈祖國〉裡解析的流亡者與中國「尊嚴」之糾葛，進一步解釋了〈致記憶〉裡北島執意告別的深意。

　　北島並不是要將「中國」從意識裡抹去，而是希望能夠從自身經驗的中國夢魘裡脫出。

48　北島〈船票〉，《北島詩選》，頁 56-58。
49　北島〈港口的夢〉，《北島詩選》，頁 80-81。
50　北島〈祖國〉，《在天涯》，頁 39。
51　北島〈走向冬天〉，《北島詩選》，頁 105-107。

　　雖然「流亡」為北島的詩歌創作尋獲／建立了新的發聲位置，
但有關「中國」的話題──就算還沒找到合宜的寫法──也不能永
無休止地詰問往昔的舊事。詩人必須重新整裝，往「寫作」最核心
之處，去探究〈寫作〉本身的深層意涵：

　　始於河流而止於源泉

　　鑽石雨
　　正無情地剖開
　　這玻璃的世界
　　……
　　打開那本書
　　詞已磨損，廢墟
　　有著帝國的完整[52]

當中國以「驅逐」為肅清異議的手段時，這個舉動同時證明了那
塊幅員遼闊的大陸，比流亡者身處的流放地，更需要不流於俗的
創新見解。被暴力排除在中國之外的中國詩人，因此決定由中文
流脈的最末端向源泉寫去，並以最尖刻的筆觸，剖開中國精心建
置的玻璃帷幕──不管這個帷幕是為了懲罰流亡者，讓他們的家
鄉可望而不可及，抑或，是為了「保護」中國的子民，令其不受
邪惡的自由思維感染。北島在此時並不自信自己提出的見解，能
否達到預期高度，只怕還沒沉澱好便貿然開啟的流亡書寫，會觸
動「刺在男人手臂上的／女人的嘴巴」[53]，使得本該鞭辟入裡的筆

---

[52] 北島〈寫作〉，《在天涯》，頁40。
[53] 北島〈寫作〉，《在天涯》，頁40。

力，氾濫成滔滔不絕的傾訴。不過至少，詩人秉持的信念是，即使只能組織那些已經構不成「異議」這個字眼的詞來表達意見，向當代中國追問那些從封建廢墟裡繼承來的帝國野心，是絕對必要的。

在〈寫作〉中影響著詩人創作自信的，除了是思鄉的多愁善感，詩人對自己的定位，是另一個干擾信心的因素。

流亡的心境，北島從〈鄉音〉、〈夜歸〉到〈致記憶〉和〈祖國〉一步步澄清。而只有在理清自流亡中收穫的見地，詩人才能決定，自己該成為一位怎麼樣的流亡者。這個抉擇對北島及其詩而言，都是極為重要的關卡，這不僅是詩人自身「流亡者意識」之確立，連帶地，流亡詩風的型塑亦在此建立其初步的視野。北島遺留在〈寫作〉裡的「定位」迷惑，將是詩人得在後續創作裡找到的答案，否則，就有被流亡洪水淹沒的危險。

第三節　流亡中的「流亡者」定義

北島在流亡之前詩作樹立起的自我定位，在流亡的征途中，一路流失、稀釋。

這並不是前文引述的，馬建所言之流亡者因為荒廢了母語，進而與家鄉疏遠了的那種淡薄。北島持續地以中文創作，說明的是詩人不但沒有荒廢母語，反而竭力地與中文保持親近；北島與家鄉／祖國的「淡薄」，在於和以往籍貫中國時的「邊緣」處境相比，流亡異域後與中國距離，更是邊緣中的邊緣。北島流亡前的

詩作，大抵是沿著邊緣與核心的張力思考，即便一九八〇年代，北島在創作之中開展了存在主義的自由主張以及荒謬觀點，但其所根植的背景，仍然是一九八〇年代的中國社會。流亡之後，邊緣與中心的距離，拉得更遠了，遠到成為兩個溝通不了的對立點。一九八九年六四天安門事件後，一代人和一代人的繼承者都曾討伐過的政治體制，一如往常地屹立不搖；邊緣與中心價值觀的張力，也永遠不會因為任何政治事件引起的連鎖效應而消聲匿跡。一九八九年六月之後有所改變的，只有北島，詩人已經不屬於原來的地方了。

流亡初始，北島或許還有些夢想，像是在〈無題（他睜開第三隻眼睛）〉中自詡是排隊等待進入執政者記憶的難忘對手，但是經過了〈鄉音〉、〈夜歸〉，在詩人抵達〈致記憶〉和〈祖國〉時，卻決定向他的中國經驗告別，延續至〈寫作〉，詩人面對向來拿手的家國主題，卻流露出難得一見的迷惘。從前，只有在北島望向未知人生時才會浮現迷惘的神情。隨著流亡的時間增長，詩人漸漸在中間狀態的失重無著裡，認識到流亡的迷離：

> 那取悅於光的影子
>
> 引導我穿行在
>
> 飲過牛奶的白楊
>
> 和飲過血的狐狸之間
>
> 像條約穿行在
>
> 和平與陰謀之間[54]

---

[54] 北島〈叛逆者〉，《在天涯》，頁 42。

流亡者的身形再度與影子疊合，陰柔的暗影取代了光明的前程。
「巧妙的模仿者或秘密的流浪人」[55]的曖昧性格，亦隨著影子般的
模仿技能，滲入模仿者的靈魂，引導著流浪人步上一條介於無辜
與狡猾的生存之道。出於求生的無辜，「模仿」保證了流亡者生存
的空間，不過一旦失守倖存的底線，流亡者的「巧妙」和「秘密」
也很容易轉化成投機客的精明和狡猾。而從流亡者無法置之度外
的政治層次，來談影子的取悅或者曖昧；被一個國家逐出，然後
被另一個國家收容，運作其中的演算邏輯，和平是表面的，至於
陰謀，那是往護照或拘留證明的背後摸索，就能輕易碰觸到的國
際「默契」。背過太陽，北島只能望著自己的影子踽踽獨行，視線
所及之處，是一片被自己影子遮蔽的無光所在，無論負責引路的
影子將把未來帶向何方，可以肯定的，詩人與中國的距離，只有
愈來愈遠。懸在天涯彼端的北島轉過身，瞇起眼睛打量著堪稱始
作俑者的中國；而在此若即若離的中間狀態裡，詩人亦看見了自
己流亡中的形象：

> 披外套的椅子坐在
> 東方，太陽是它的頭
> 它打開一片雲說：
> 這裡是歷史的終結
> 諸神退位，廟堂鎖上
> 你僅僅是一個
> 失去聲音的象形文字[56]

---

[55] 艾德華‧薩依德著，單德興譯《知識份子論（增訂版）》，頁87。
[56] 北島〈叛逆者〉，《在天涯》，頁42。

北島在此將中國當代政體的運作，以更古老的政治意象套用比附，這是承著〈寫作〉──廢墟／有著帝國的完整[57]──延續下來的概念。披著朝服坐在東方的執政者，雖然有別於封建君主聽政之位居北的慣例，不過就當代中國政治來說，東方卻是個象徵意義更加飽滿的方位，再說，這個方位之於中國流亡者，更具有諷刺意涵。從中國執政者的角度把自己解釋成「蔽日浮雲」，這是詩人穿行在和平與陰謀邊沿時得出的心得。走到流亡這一著，叛逆者「在中國」的歷史亦抵達盡頭。沒有了異議者的理論學說和議事廟堂便也失去了活動能力。因此缺乏信徒的理論學說，只能黯然地撤守中國，而失去議士與談資的廟堂，亦無力續修它叛逆的族譜。「我們這些作家當年被批判也好被讚揚也好，反正一夜成名，備受矚目。突然有一天醒來，發現自己什麼也不是」[58]，曾經擁抱諸神、穿梭廟堂的北島，在被逐出鄉里、抄家滅族之後，只合是異議譜系裡一個不再具有溝通功能的過時符碼。

　　不在中國的詩人呱思自己「在中國」的處境，除了是〈鄉音〉作祟，也是流亡者必經的「丈量」程序。畢竟，北島胸懷裡的那滴「中文之血」，是用來維持生命的稀有資源，只有在釐訂了自己與中國的距離之後，才能進一步擬定寫作的策略，令筆下的中文書寫成為抵禦流亡困頓的慰藉。流亡造就的時空差距以及政治干擾，使得原本已是限制重重的詩作發表更加難以達成，北島意識到此後的中國已然不是流亡詩人的擅場了，「象形文字」所包含的不合時宜、難以理解、無法自我辯白等等特徵，全都適用為流亡詩人「在中國」

---

[57] 北島〈寫作〉，《在天涯》，頁 40。

[58] 北島、瞿頔〈附錄：中文，是我唯一的行李〉，《失敗之書》（汕頭：汕頭大學出版社，2004），頁 292。

的註腳。以書寫對抗中國社會，一直是詩人創作的重心，一九七〇年代的北島，有著吶喊「告訴你吧，世界，／我——不——相——信！」[59]的霸氣，及至一九八〇年代，試圖由一代人英雄歸於平凡的詩人，寫下洗練的：「我們不是無辜的／早已和鏡中的歷史結成／同謀」[60]。然而，在一九九〇年代步上流亡征途後，詩人抵著中國境況行進的自覺，成了一個「失去聲音的象形文字」[61]，這與一九七〇、一九八〇年代相去甚遠的自我定位，勢必影響著北島寫作的視野。〈寫作〉、〈致記憶〉和〈祖國〉等等補充著流亡者失落之家國意識的作品，便是自流亡視角裡激盪出的，漸漸不同於「在中國」時期的筆勢。

相對於中文之血，強迫著北島向自己證明「在中國」的意義，包覆著北島的「全世界」，則是逼著詩人著手釐清流亡之中的自我定位。即使流亡必備的求生技能：模仿，是北島已經在詩作裡反覆推敲並且接受的事實，但「模仿」的程度如何——堅守底線抑或滑向狡猾——是構成流亡者流亡意識的另一個側面。從中國國境的封鎖線出發，在抵達另一端的邊境關卡時，由審查程序裡反襯出的流亡困窘，亦重塑著北島「在天涯」的自我認知：

> 全世界自由的代理人
> 把我輸入巨型電腦：
> 一個潛入字典的外來語

---

[59] 北島〈回答〉，收入李潤霞編《被放逐的詩神》（武漢：武漢出版社，2006），頁 418-419。

[60] 北島〈同謀〉，《北島詩選》，頁 117-118。

[61] 北島〈叛逆者〉，《在天涯》，頁 42。

> 一名持不同政見者
>
> 或一種與世界的距離[62]

從宰制「自由」的權力運作者眼裡，北島看見自己的處境，無論處在世界的任何一個地方，都註定成為眾人之中的叛逆者，一如闖入進而融入本地語言的外語，或者在秩序之中製造混亂的異議者。看似龐雜的「全世界」，其實可以簡單化約成兩種：中國及非中國。在中國之內，北島的「地下」身分──無論是在知青間祕密流傳的小說作者，還是寫出慷慨詩句的激昂詩人，或者是在胡同裡油印《今天》的雜誌主編──在在說明了他和馴良的公民相去甚遠。這些充滿挑釁的發言，擺開的是不接受妥協的陣勢。真正的距離感，或許還要等到離開中國之後才更加明顯[63]，但流亡的「懲罰」是北島為不妥協所付出的代價。至於流落中國境外，「外來」和「異議」的內涵，已不再是發言位置的隱喻，它們除了是造成北島流亡的遠因，更是流亡之後真實的身分和政治的處境。「不同政見者」和「外來語」註定成為流亡知識分子無可擺脫的醒目標籤，與世界的距離也就不得不從這裡算起。

一九八九年之後，北島不再只是遊走於祖國自由限度的邊緣，詩人寫在〈收穫〉裡，母語、詩人和世界的套疊關係，透過〈叛逆者〉和〈走廊〉的演繹，至此也顯出其深長的意味。然而，當北島

---

[62] 北島〈走廊〉，《在天涯》，頁 54。

[63] 一九八〇年後北島的詩開始在官方的《詩刊》出現，而當時關於朦朧詩的討論正甚囂塵上，經過繁雜的詩學討論後，官方並沒有對朦朧詩做出任何出版限制，這似乎是默認了朦朧詩的地位，是以推測當時的「距離感」並不那麼明顯。但是流亡之後，北島的名字及作品，幾乎從文學史論述以及詩學討論中消失，這時的政治干預就顯得清晰可見了，北島與中國政府的距離也就立體了起來。

意識到自己在中國當代社會演進中是一個「沒有聲音的象形文字」，並且於浪跡天涯的磕絆中得知，自己和「世界」之間隔著一道永遠跨越不了的鴻溝時，由國境邊際摩擦出的「流亡意識」，令詩人在無法靜止的飄流間，領會到流亡者是一種於森嚴律法裡難以容受的可疑身分。一向抵著中國社會行進的筆法，在此受到了挑戰。

　　雖然北島在一九八九年重拾詩筆之後，涉及中國政治的作品從來就不曾從筆下消失，不過，當詩人得由回溯自己與祖國的關係來確立其流亡位處時，此前的政治作品實可視為尋覓流亡自我的必經歷程。北島在得知自己的創作已無一九八〇年代以前的力道之後，徹底離開中國的詩人需要思考的，是該如何突破「政治」與「流亡」無法切割的緊密關聯。設若擱置或者放棄中國，流亡者的「外來」以及與世界的「距離」，幾乎證明了詩人無法對著居住短則三五個月、長則一兩年的流亡之地，提出生活感想以外的政治針砭；再者，流放到歐美雖是「流放到更文明更中心的地方，流放到自由精神的故鄉」[64]，然而「西方緩慢的生活氣氛和在中國那種奮鬥、戰略或搏鬥的精神極不協調，……這種懲罰是把你從祖國趕出去，你便像是一隻剪下來泡在水裡的花，雖然暫時死不了，也活不痛快」[65]。

　　看來，無論中國是何等遙遠何等跋扈，流亡異國的詩人在抵禦放逐之感的創作裡，仍然比較需要中國，尤其提筆寫下中文之際，與母語相連的鄉愁沒有理由不一同喚醒。北島的〈紀錄〉回應了流亡詩作的身世：

---

[64] 胡平〈為理想而承受苦難〉，收入鄭義主編《不死的流亡者》，頁 148。

[65] 馬建〈走回北京南小街〉，收入鄭義主編《不死的流亡者》，頁 192。

　　當一隻桔子偷運死亡

　　人們三五成羣

　　閒談沉睡在他鄉的黃金

　　和女人，警察敲門

　　道路在明天轉身

　　重新核對著大事年表

　　而錯誤不可避免：

　　詩已誕生[66]

這首詩的前半部分，可以移用北島寫在散文〈搬家記〉裡的斯德哥爾摩流亡斷章，作為補充這裡閒談實況的副本：「搬到斯德哥爾摩，住進一家相當寬敞的公寓……一群住在外地難民營的中國流亡者來借宿，帶來各自的逃亡故事。他們中有工人、商人、大學生，到天涯上孤獨的一課。我們在黑暗中互相借光」[67]。以孤獨為祕密會社的凝聚宗旨，這是同屬地下社團的白洋淀詩歌群落、北京的文學地下沙龍，以及《今天》的文學結社所無法比擬的痛徹心扉；然則，不變的「祕密」和「叛逆」氣質，卻增加了北島一些寫作信心。不管門的那邊，把指頭扣上門板的警察操持何種語言、來自何種政治體制，幾聲輕扣都足以驚擾在地下會社裡編織的理想和抱負，在理想抱負不能實踐的時候，幸好還有紀錄狂想的詩，它們還是可以用來糾正錯誤叢生的現實僵局。

　　在流亡之後，回想過去的創作，詩的誕生，成了證成荒謬現實的無盡回聲，它同時也是構成北島流亡命運的罪證。不過，一經誕

---

[66] 北島〈走廊〉，《在天涯》，頁 69。

[67] 北島〈搬家記〉，《藍房子》，頁 205。

生的詩，便不容修改，已經形成的命運亦然；不管流亡前或者流亡後，推動北島提筆寫詩的壓力，從來都不曾消失，那麼面對造就這流亡現實的中國，詩人熟練的對抗姿態也就有了保持的必要。即便那是用「錯誤」的語言創作、談論著不被理解的情懷，以及持續闡述眾人無視的議題。既然詩的命運，是從紀錄「錯誤」開始的，一九八九年後，那為了記錄錯誤而堅韌存在的詩作，就更不能消失了。站在中國土地上的理直氣壯，在此時顯然不再適用；流亡的位處、流亡的情勢，理應要有一種相應的流亡書寫。

　　再度站在鏡子前面，北島在演練鄉音之餘，對著鏡影分別細數了自己的過去、現在和未來。詩人凝視著鏡中自己的同時，也凝視著塑造自己成為現在這個模樣的時間，無論放逐的玻璃帷幕升起與否，詩人都只能以留在面容上的歲月足跡，憑弔逝去的時間和發生其間的事蹟。映照著現在卻反映著過去的鏡子，是引起傷感的罪魁禍首。詩人從濃縮著自己「中國履歷」的鏡像裡，看見盲從與順服之外的不同政見，像畫開政治假面的利刃，而早使慣了這款異議本能的不同政見者，將永遠是「側身於犀牛與政治之間／像裂縫隔開時代」[68]。走在時代給予異議者的狹窄甬道上，北島試著與自己的「異議」本能討論著，如何在流亡中避免動輒得咎的紛擾：「哦同謀者，我此刻／只是一個普通的遊客／在博物館大廳的棋盤上／和別人交叉走動」[69]，在匯集著全世界人潮的國境關卡上，偽裝成滿世界遊走的普通遊客，謹言慎行行禮如儀是求生的權宜之計，真正偉大的計畫，是藏在這安分守己後面的：

---

[68] 北島〈一幅肖像〉,《在天涯》, 頁 88。
[69] 北島〈一幅肖像〉,《在天涯》, 頁 88。

激情不會過時

但訪問必需秘密進行

我突然感到那琴弦的疼痛

在鳥獸進入歷史之前

你決心先奏一曲[70]

不會過時的，是異議者敏銳的政治嗅覺，還有面對熟悉敵手的永恆激動。當今訊息交通的效率，一如薩依德所言，新聞往返幾無時差，藉著放逐拉起的封鎖線，或許能阻止北島的支字片語突破中國防線，但關於家鄉的消息，詩人卻仍能同步跟進。對中國局勢的掌握，提供了流亡者提出見解的權利，而這種單向的交流，令流亡者的訪察帶有種祕而不宣的政治意圖。不過，由於「流亡」首先便是出於政治理由的制裁，是以流亡者也就不可避免地，得選擇一種政治立場作為所有表述的基礎。透過《在天涯》的詩作，北島從鄉音裡冷卻並試探了流亡的位處，一步步澄清的流亡意識和寫作意圖，最終決定讓流亡詩作成為浪跡天涯的紀錄。闡述異議和勇於不同的使命感，在〈一幅肖像〉裡再度顯得明確，流亡之前既然已是隔開犀牛和政治的時代裂縫，流亡之後又何嘗不能趕在鳥獸改變中國歷史之前，利用流亡孤懸於外的時勢揭露繼承自封建廢墟的帝國野心。

　　於《在天涯》建立的政治視野，延續到《零度以上的風景》和《開鎖》之中，北島傾向於選擇議論已經發生過的「歷史」，而不是正在進行中的「時事」。回到史籍上透過「玻璃紙鎮讀出／文字敘述中的傷口／多少黑山擋住了／一九四九年」[71]，並向已經無法改變的黑暗

---

[70]　北島〈一幅肖像〉，《在天涯》，頁88。

[71]　北島〈守夜〉，《零度以上的風景》，頁90。

歷史求索著：「讓不幸降到我們／所理解的程度／每個家展開自己的旗幟／床單、炊煙或黃昏」[72]。以此做為談論中國政治圖景的切入點，這與詩人的流亡處境有著密切的關係。因著流亡而阻絕的家國連結，使得北島對一九八九年之後中國施行的政策，毫無理論的餘地，但現今政策施行的基礎，都該有根植於過去經驗的理由，於是從歷史的肌理來討論政治與家國，實有著流亡者以退為進的智慧。況且，構築歷史的程式，恰好又是一個國家塑造國族意義，兼及創造神話的重要手段，北島在流亡所提供的中間狀態裡，就著自身豐富的「中國經驗」，在中國國族神話的脈絡裡，解讀出被扭曲的真相及其理由。

　　薩依德在〈知識份子的流亡〉一文中，曾經樂觀地將流亡的「中間狀態」視為流亡知識分子得天獨厚的觀察角落。一來舊國度的舊經驗總是對照著新國度的新經驗，兩相對照的結果，使得流亡者擁有「雙重視角」(double perspective)[73]，能夠更透澈地去思考問題的前因後果；再者，新國度的新發現提供流亡者重新審視舊國度的樣本，過去在安適中習而不察的事物於此漸漸浮現，離開權力核心的流亡者往往更有機會冷靜地從中發現思考的進路，為總是迷糊的「當局者」提供新穎的創見。生活在他鄉的經驗，供給了北島另一種歷史養成的比對樣本，這令詩人發現，過去中國當代歷史詮釋裡的「不見」，將是流亡因其邊緣而能透析的「洞見」。這些自流亡「若即若離」衍生出的見與不見，便是北島憑以「撥亂反正」的根據。藉著破除完美歷史的假象，從根本否定現存威權存在的正當性；北島退回到幽深的歷史裡，找到瓦解權威的進路。

---

[72] 北島〈哭聲〉，《開鎖》，頁 96-97。

[73] 艾德華·薩依德著，單德興譯《知識份子論（增訂版）》，頁 87。

結　語

　　一九八九年九月之後，因著六四天安門事件持續升高的政治效應，尚在歐陸訪問的北島便被迫改變參訪的行程，改道步上流亡之途，而自一九八六年便停滯的詩筆，亦隨著流亡的孤懸和漂泊逐漸甦醒。流亡對任何人來說，都是一種逸出經驗之外的生活方式，流亡的內容，只能隨著流亡的日子點滴開展；在還無法為這種歧出的生命經驗命名時，北島的無題之詩雖然寫出了「詞的流亡開始了」，但詞將如何隨著詩人流亡、流亡中的詩人又將如何與「詞」建立起流放的文字氛圍，甚至是如何表述有別於別種孤獨的流亡孤獨等等，在流亡生涯尚未推進的情況下，這類突顯流亡主題的詩作，自然也開展不了。

　　隨著時間的推移和流亡經驗的累積，思鄉的愁緒和失語的疏離漸漸具體為流亡最表淺的感觸，在鄉音和外語的雙重若即若離間，流亡者之於祖國抑或流放地，皆存在著薩依德所言之成為「巧妙模仿者」或「秘密流浪人」的困窘，流亡者與世界格格不入的本質於焉浮現。一向與中國現實社會保持著對峙關係的詩人，在以其自身的流亡向造成此局的中國政治追問時，卻逐漸領會到，中國在拒絕不同政見者的同時，已然塑造了一種高不可侵的威權，而在中國政治改變著異議者位處之際，中國內部的政治生態亦隨之而變。由語言層次思及政治權謀，北島意識到中國是比流亡者居處的流亡地，更需要異議者的地方，是以詩人在流亡中持續以中文寫作時，中國依舊是個有待商榷的話題。

　　貼覆著模仿者和流浪人標籤的流亡者，即使有書寫中國的意向，放逐的命運卻令北島遲疑。流浪人和模仿者的形容，並不只是從日常生活裡倖存的法則，在流亡者不得不面對的政治位處選擇時，流亡生涯裡的「秘密」和「巧妙」，著實也影響著詩人流亡意識之定位。在中國境外書寫中國，流亡的中間狀態和雙重視角，反是北島重新思索「母語」意義的契機；得自流亡空間和時間的啟發，北島轉身向政治以及歷史源頭的中國提出反省。詩人關懷家國的熱情不減，只是流亡帶來的思考，使一九七〇年代的憤怒、一九八〇年代的譏誚，在逸出國家的邊境之後，逐漸轉為自信的放歌。《零度以上的風景》中的無題之詩，可以用來解釋這一路的轉折：「在父親平坦的想像中／孩子們固執的叫喊／終於撞上了高山／不要驚慌／我沿著某些樹的想法／從口吃轉向歌唱」[74]。即使北島所創的調子曲高和寡，甚至禁絕傳唱，但隱藏在「禁絕」之後的恐懼，便是對北島流亡詩作的最大肯定。

---

[74] 北島〈無題（在父親平坦的想像中……）〉，《零度以上的風景》，頁 50。

第五章　鄉音之內

——北島流亡詩歌的問題探討（1993-1998）

緒　言

　　一九八九年六四事件在中國爆發，北島雖未親身參與其中，但起草、署名於釋放異議人士的聯合聲明[1]，以及早年的詩句被盤踞天安門廣場的學生舉為標語[2]等關聯，亦足以將北島推向流亡的命運。向著政治氣候傾斜的文學評論，在中國政府放逐了詩人之後，原本圍繞著北島詩作的討論也由熱烈轉向噤聲，詩人創作於一九七〇、一九八〇年代的作品，悄悄地自詩論家的案頭匿蹤，至於創作於流亡之後的詩作，更是絕無例外地絕緣於中國。然而，定居家鄉／中

李歐梵〈既親又疏的距離感（序）〉，《午夜歌手》（臺北：九歌出版社有限公司，1995），頁 14。

[2] Bei Dao, and Siobhan La Piana. "An Interview with Visiting Artist Bei Dao : Poet in exile." *The Journal of the International Institute* (January 1999). (http://www . umich.edu/~iinet/journal/vol2no1/v2n1_Bei_Dao.html)

國，並非作家創作的必要條件，離開之於北島，是「記得八〇年代中期，當『朦朧詩』在爭論中獲得公認後，我的寫作出現空白，這一狀態持續了好幾年，如果沒有後來的漂泊和孤懸狀態，我個人的寫作只會倒退或停止」[3]。一九八九年流亡之後，無法回到中國的詩人，仍然在香港和臺灣等地以流亡為底蘊出版了《在天涯》（1993）、《零度以上的風景》（1996），以及《開鎖》（1999）等三冊詩集。

這三冊以時間為序列的詩集，除了是詩人流亡的印迹，亦是令「流亡詩人北島」之名衛得以成為可能的首要依據。《在天涯》紀錄的是流亡初始，「僅頭兩年，據不完全統計，就睡了一百多張床」[4]的境遇。光是安頓身體便已不是件容易的事，在如此情境下還堅持著寫詩，北島自陳為了抵抗流亡帶來的孤寂，「寫作是一件支持我不斷向前的事，對我來說，這是一種自我保護的形式」[5]。這不僅是詩集《在天涯》的寫作背景，亦是詩人「在天涯」的生活切片。流亡異域雜糅的是「既非完全與新環境合一，也未完全與舊環境分離」[6]的尷尬，新舊並陳的生活與記憶交織於詩作，便是〈鄉音〉[7]裡的愁緒以及〈夜歸〉[8]時的驚惶。即便如此，在各式各樣外國音韻裡飄流的

---

[3] 北島、唐曉渡〈我一直在寫作中尋找方向——北島訪談錄〉，《詩探索》2003年3-4期（2003/12），頁171。

[4] 北島〈旅行記〉，《青燈》（南京：江蘇文藝出版社，2008），頁139。

[5] Bei Dao, and Siobhan La Piana. "An Interview with Visiting Artist Bei Dao : Poet in exile." *The Journal of the International Institute* (January 1999). (http://www.umich.edu/~iinet/journal/vol2no1/v2n1_Bei_Dao.html)

[6] 艾德華‧薩依德著，單德興譯《知識份子論（增訂版）》（臺北市：麥田出版股份有限公司，2004），頁87。

[7] 北島〈鄉音〉，《在天涯》（香港：牛津大學出版社，1993），頁28。

[8] 北島〈夜歸〉，《在天涯》，頁36。

北島，依然執意於：「對於一個在他鄉用漢語寫作的人來說，母語是惟一的現實」[9]。這段表述，意味著詩人在流亡途中面臨語言，以及語言背後的文化抉擇時，就算政治驅逐令北島之於中國「僅僅是一個／失去聲音的象形文字」[10]，卻也不改其「在鳥獸進入歷史之前」，「決心先奏一曲」[11]的異議權利。

　　流亡詩人只有在釐訂自己與祖國及世界的距離、確立鄉音之於外語的意義之後，才能夠決定該以何種流亡意識支持流亡的書寫，那冊勾勒著詩人與流亡周旋的《在天涯》，亦因此顯得重要。只是，當二〇〇三年收錄著北島一九七〇年至一九九八年的大部分詩作《北島詩歌集》[12]在中國出版時，過往以詩集發行為界限的時間區隔消失，中國評論家更傾向以「流亡」字義表面的、一種想當然爾的孤寂和理所當然的疏離，作為討論北島流亡詩作的「共識」。久而久之，詩人的流亡生涯，在眾多評論者不斷循環、彼此因襲的論述視野裡，儼然已凝結成為一段不用再細密梳理的整體。於是，《在天涯》再也不特別，而北島如何拓展其獨一無二的流亡生涯以及詩人如何在流亡中思考創作，似乎也無關於北島流亡詩歌的論述。

　　中國評論者之所以無心於耙梳「流亡」細節的理由，其實可以從北島的「驟然消失又猛然出現」裡推敲出一二。隨著時間的推進，詩人的作品亦不斷地累積，只是礙於某種心照不宣的政治默契，關於北島詩的論述總是依附著政治氣候時隱時現；二〇〇三年正式發

---

[9] 北島、唐曉渡〈我一直在寫作中尋找方向——北島訪談錄〉，《詩探索》2003年 3-4 期，頁 164。

[10] 北島〈叛逆者〉，《在天涯》，頁 42。

[11] 原詩句為：「在鳥獸進入歷史之前／你決心先奏一曲」，北島〈一幅肖像〉，《在天涯》，頁 88。

[12] 北島《北島詩歌集》（海口：南海出版公司，2003）。

行的《北島詩歌集》無疑是另一種暗示著限制解除的心照不宣。比之於一九七二至一九八六年那些已經藉著「朦朧詩論爭」得到文學史定位的作品，北島流亡之後、一九八九至一九九八年的詩作，開展的是另一段少有人知悉的生命／創作歷程。詩人因流亡而獲致的「國際」聲譽，為此時期詩作增添了不少談資，且就中國當代詩史來說，「朦朧詩」時期迸現的詩人群，大多已經歇筆，北島是其中寫作不輟的少數；帶著「朦朧詩」和《今天》地下文學雜誌的反叛印記以及深植人心的「我——不——相——信！」[13]，進入政治放逐的里程裡，從中轉化而來的流亡詩作不但是一塊有待認識的領域，因此而擴大了的北島詩作論述空間，也在在引誘著評論家著手建構全幅「北島詩論」的野心。

　　當評論家開始將目光投向北島一九八九年後詩作之時，便意味著詩人此時期的創作確實有些值得關注的地方。輕忽了《在天涯》的評論者，雖然錯過了貼近北島如何思索「流亡者」角色的機會，不過，幾篇早於或稍稍晚於《北島詩歌集》問世的書評和訪談，倒是提供了幾種相當可觀的「讀法」，足以做為推導北島後期創作的觀點借鑒。影響最大的篇章，分別是歐陽江河〈初醒時的孤獨——序《零度以上的風景》〉[14]、江弱水〈孤獨的舞者，沒有佈景與音樂——從歐陽江河序談北島詩〉[15]、張棗〈當天上掉下

---

[13] 北島〈回答〉，《北島詩選》（廣州：新世紀出版社，1986），頁 26。

[14] 歐陽江河〈初醒時的孤獨——序《零度以上的風景》〉，《零度以上的風景》（臺北：九歌出版社有限公司，1996），頁 7-35。按：這篇文章後來收入歐陽江河的文集時，更名為〈北島詩的三種讀法〉，《站在虛構這邊》（北京：生活・讀書・新知三聯書店，2001），頁 187-210。

[15] 江弱水〈孤獨的舞者，沒有佈景與音樂——從歐陽江河序談北島詩〉，《創世

來一個鎖匠……〉[16]，以及唐曉渡與北島電子郵件訪談[17]之〈我一直在寫作中尋找方向——北島訪談〉[18]。跟隨《北島詩歌集》出版而開啟的北島論述，例如：楊四平〈北島論〉[19]、賈鑒〈北島：一生一天一個句子〉[20]、羅云鋒〈北島詩論〉[21]到陳超〈北島論〉[22]，以及 Dian Li 在美國出版的學術專著 *The Chinese Poetry Of Bei Dao, 1978-2000: Resistance and Exile*[23]等文論，涉及「流亡」的段落大抵皆躊躇於上述的評論和訪談之間，少有例外。

　　歐陽江河及張棗針對單一詩集而發的評論觀點，例如「最低限度的自我」、「原詩」甚或是「漢語性」等概念，往往被不同的評論家從原本的行文脈絡裡挪移至各別論述中，延展成為觀察北島全部流亡詩作的起點。從二〇〇三年以後陸續出現的文論看來，雖然評論者文筆各異，但行文裡涉及的議題卻驚人地相似。那些從書評截取而來的觀點，經過一再地轉述，承載自原文脈絡裡的意義也逐漸模糊，缺乏上下文解釋銜接的專有名詞，已然接管了當前北島流亡

紀》總 111 期（1997/06），頁 69-78。

[16] 張棗〈當天上掉下來一個鎖匠……〉,《開鎖》（臺北：九歌出版社有限公司，1999），頁 7-29。

[17] 唐曉渡後來在〈北島：沒有幸福，只有自由和平靜〉,《當代作家評論》2004 年第 3 期（2004/05），頁 19，提及此事。

[18] 北島、唐曉渡〈我一直在寫作中尋找方向——北島訪談錄〉,《詩探索》2003 年 3-4 期，頁 171。

[19] 楊四平〈北島論〉,《涪陵師範學院學報》第 21 卷第 6 期（2005/11），頁 25-32。

[20] 賈鑒〈北島：一生一天一個句子〉,《華文文學》總第 76 期（2006/05），頁 80-85。

[21] 羅云鋒〈北島詩論〉,《華文文學》總第 76 期（2006/05），頁 70-79。

[22] 陳超〈北島論〉,《文藝爭鳴》2007 年 08 期（2007/08），頁 89-99。

[23] Dian Li. *The Chinese Poetry Of Bei Dao, 1978-2000: Resistance and Exile*, New York: The Edwin Mellen Press, 2006.

詩作的論述。涵蓋北島一九七〇年代至一九九〇年代的「北島詩論」，顯然比針對單一詩集而發的詩評更容易營造「詮釋權威」的形象。人云亦云的詩作「特色」並無助於廓清流亡之於北島詩作的意義為何，惟有回到種種觀點的所來之處，才能理解種種評論的所為何來，而在匯合、釐清了北島流亡詩作與評論家詩論之後，以更寬闊的視野回到詩，檢視北島對「詩」的見解與其流亡詩作的距離為何，將是本文試圖達到的終點，《零度以上的風景》和《開鎖》是為此處主要的參考文本。北島於《開鎖》結集出版後，雖仍有詩作發表，但未整理成完整的詩集出版，故本文討論的年限至《開鎖》完成的一九九八年為止。

第一節　誤讀：各取所需的詮釋

　　北島的流亡生涯不斷地向前推進，詩人之思亦沒有因為流離失所而閒置。在母語是唯一的現實、寫作是支持流亡繼續進行的手段時，北島認為自己憑以寫作的母語，在「經驗上是一致的，如果說有什麼變化，可能現在的詩更往裡走，更想探討自己內心的歷程，更複雜，更難懂」[24]。詩人所言之「複雜」、「難懂」，亦可以從批評諸家各異其趣的說詞裡得到印證。

　　歐陽江河藉著縱觀詩人創作履歷的「系譜讀法」和逼近字詞最大意義容量的「修辭性讀法」，將北島詩作中「指向縮削而非擴

---

[24] 北島、翟頓〈附錄：中文，是我唯一的行李〉，《失敗之書》（汕頭：汕頭大學出版社，2004），頁292。

張的修辭策略」[25]視為是「最低限度的自我」[26]與「詞的奇境」[27]之展現，而「讓部分說話」[28]是與其互為表裡的寫作質地。然而，縮削策略造成的「自我」和「奇境」，卻成為江弱水眼下令詩顯得破碎而無法通讀原因，強加其上的修辭讀法，是這種超現實主義色彩愈益強烈的流亡詩作惟一的進路，是以「意象之間超於現實的邏輯關係」[29]的北島詩作，「只有在過度闡釋的情況下才會獲得意義」[30]。張棗則傾向以後現代的「原詩」概念，來評價北島詞語刪減策略下的銜接空白，試圖將本來就已經相當簡約、簡潔的詩歌語言，推向更純粹之「所謂原詩（metapoetry）是有關詩的詩，或曰詩之詩（poetry about poetry）。……我相信，濃郁的原詩內涵是北島……最重要的特徵」[31]。

　　詩人的意識雖是引導詩行前進的必備元素，然其「自我」限度與邏輯性的高低，甚至作品對主題的處理是指向詩之本質內部或者外部，則端看讀者的領略，絕無定論。由此構成的紛然見解，是當代文學理論賦予讀者之詮釋自由，北島流亡後的詩作當然也不能自外於此慣例，於是乎，超現實主義的現代特徵與元敘述的後現代傾向，以及橫跨現代與後現代的「自我」意識探尋，可以同時成為作品特色。北島詩之「複雜」與「難懂」，或許莫過於此。從意見紛然的另一方面說，要想從如此歧出的結論裡切近北島流亡之詩作，只

---

[25] 歐陽江河〈初醒時的孤獨──序《零度以上的風景》〉，頁 18。

[26] 歐陽江河〈初醒時的孤獨──序《零度以上的風景》〉，頁 14。

[27] 歐陽江河〈初醒時的孤獨──序《零度以上的風景》〉，頁 18。

[28] 歐陽江河〈初醒時的孤獨──序《零度以上的風景》〉，頁 22。

[29] 江弱水〈孤獨的舞者，沒有佈景與音樂──從歐陽江河序談北島詩〉，頁 71。

[30] 江弱水〈孤獨的舞者，沒有佈景與音樂──從歐陽江河序談北島詩〉，頁 70。

[31] 張棗〈當天上掉下來一個鎖匠……〉，頁 11。

是治絲益棼，惟有自主張各異的文學意見向文學理論的起落之處探尋，才是由意見之博返回詩作之約最便捷的途徑。畢竟由文學理論所標舉的立場，總要回到作品中才得以實踐，而理論與文本匯合之處，正是評價文學意義的依歸，就北島流亡詩作既「現代」又「後現代」的特質來說，選擇回溯詩作原典，無疑是比涉足只有交錯而無交鋒的「讀法」來得簡潔俐落。

從歐陽江河的各種「讀法」、江弱水對「詮釋」的困惑，以及張棗提出的「原詩寫作」裡推敲，刪削的策略和精簡的語詞之所以令北島詩作既「現代」也「後現代」的原因，是與超現實主義和後現代主義的理論中，都設置了應對謎樣語言的解釋有關。當評論者認定詩的意念安排只是一塊塊難以辨認的、潛意識隨意接合的意象碎片時，便傾向把詩作推向晦澀至極、無法判讀的超現實主義。而那些在詩作中感受到某些作者的想法，卻苦無破譯作者意念之靈感的評論者，則樂於將這種尚且難以捉摸的自由靈魂安置在容許瑣碎的後現代美學裡。是以，當評論者推導出大相逕庭的結論之時，事實上，卻是異口同聲地將北島流亡後詩作的價值，定位於那啟人疑竇的意義「空白」。

意義的不確定或者空白，是文學文本所使用的非科學語言必然含有的成分；文學文本實際上也是依賴於空缺著的意義，來形成其對讀者的召喚結構，吸引讀者在作者有意為之的省略裡，參與文學文本的完成。[32]至於評論家／讀者參與文本的程度為何，則直接反應在其對文本的評價上。換句話說，只要將評論者各自振振有詞的「讀法」，放回北島的詩行裡印證，推敲「讀者」在受制於作者的有

---

[32] Wolfgang Iser. *The Implied Reader : Patterns of Communication in Prose Fiction From Bunyan to Beckett*. John Hopkins U.P.,1974. p.276.

限自由裡，以何種期待和想像填充詩行，就可以丈量出閱讀者之解讀與創作者之意圖的距離。這也是檢視「讀法」究竟合不合用於文本的唯一方法。

當歐陽江河〈初醒時的孤獨〉以單篇書序之形式出現在《零度以上的風景》時，其所提出的論點，使得晚出的論文幾乎篇篇必有「最低限度的自我」，也篇篇不忘將北島從「政治讀法」裡「解放」出來，努力為消失於中國文壇已久的詩人，找出合宜的中國當代詩史定位。然而，這是就〈初醒時的孤獨〉與詩集《零度以上的風景》交集之部分來看。當〈初醒時的孤獨〉易名為〈北島詩的三種讀法〉另收錄於歐陽江河的文集《站在虛構這邊》時，它提醒了我們，這個歐陽江河也同時是於一九九三年完成〈1989 年後國內詩歌寫作：本土氣質、中年特徵與知識分子身分〉[33]一文的作者。〈1989 年後國內詩歌寫作：本土氣質、中年特徵與知識分子身分〉這篇論文可謂歐陽江河名留歷史之作，它不僅是第三代詩學論戰的檄文，且令人驚奇地，於〈初醒時的孤獨〉裡解釋稍嫌不足的「最低限度自我」、「中年風格」和「讓部分說話」等等帶著引號出現的用語，竟都可以在這篇文論裡找到意旨的補充。這不禁令我們懷疑，歐陽江河是試圖把他所理解並建構的當代詩學意義，強行套用於已然脫離「中國當代詩歌語境」的北島流亡詩作上。

歐陽江河提出的「中年特徵」、「本土氣質」和「知識分子身分」對北島流亡後詩作來說，每一項皆是可以在詩作裡探尋到跡象的主題。在流亡中體會到的時間質量以及在異域持續以母語創作的知識

---

[33] 歐陽江河〈1989 年後國內詩歌寫作：本土氣質、中年特徵與知識分子身分〉，《站在虛構這邊》，頁 45-91。按：此處所引之完成時間，為作者於文末所加。

分子堅持，都可以證明一九八九年後的北島詩作，確實含有歐陽江河所推崇的詩學成分，只是，結果的吻合並不代表造成此局的原因一致，造就北島一九八九年後詩作風格的流亡背景，恰好就是在〈初醒時的孤獨〉裡首先被排除的「政治」。是以歐陽江河的「北島詩論」，只能從那些意向明確的「讀法／詮釋法則」引導論述，不斷地揭發詩作所含有的質素，而從不以破譯了的詩作反求創作者的意圖。歐陽江河之論與北島之詩的分歧，著實可以在作品的解讀上找到明顯的破綻，江弱水之所以寫作〈孤獨的舞者，沒有佈景與音樂──從歐陽江河序談北島詩〉，其實很大一部分是針對著歐陽江河的這個弱點而來。兩位評論者一來一往的對話典型便是：

> 他（北島）的一首〈另一個〉中出現了這樣的意象：
>
> > 盲人學校裡的手指
> >
> > 觸摸鳥的死亡
>
> 北島的詩恰恰具有這一「盲文」性質。它們不發聲，只依賴詞的凸顯與純粹存乎一心的指的觸摸。歐陽江河評論這句詩說：「就言說方式而言，盲人的觸覺語言融身體和心靈於一爐，它肯定是最低限度的人類語言」。然而詩人究竟要在何等普遍的情況下使用這種「最低限度」的語言？為何要放棄我們本來可以擁有的高度？[34]

歐陽江河總是自信地將他帶著引號的專門用語與詩作結合，進而高度概括作品的特質和指涉，可是卻從不解釋詩人為何如此的理由。無法說明原因的解釋，只會令選取不同詮釋法則的評論者不得其門

---

[34] 江弱水〈孤獨的舞者，沒有佈景與音樂──從歐陽江河序談北島詩〉，頁 74。

而入，江弱水接連提出的「為何」，便也不是無的放矢。歐陽江河筆下的詩作詮解，無疑加強了江弱水以超現實主義為基底、執意開展出「過度闡釋」之說的堅持。

前文中，江弱水所引述的兩個詩句，原是要用來證成其所指稱之「北島詩學超現實主義的顛倒性質」[35]；依賴字詞的炫目以尋找純粹存乎一心的感受，便是江弱水憑以理解北島詩作的「超現實主義讀法」。然而，逸出現實邏輯的詩句，並不全等於超現實主義的內涵，只有在不尋常的詩句裡寄寓有顛覆秩序的想望、意欲激起自我意識的覺醒時，才算是搆到「超現實主義」的最低底線。這「盲人學校裡的手指／觸摸鳥的消亡」，其實並沒有超出現實秩序太遠，只消稍稍把關注於這首詩的目光放大：

　　這棋藝平凡的天空
　　看海水變色
　　樓梯深入鏡子
　　盲人學校裡的手指
　　觸摸鳥的消亡

　　這閒置冬天的桌子
　　看燈火明滅
　　記憶幾度回首
　　自由射手們在他鄉
　　聽歷史的風聲[36]

---

[35] 江弱水〈孤獨的舞者，沒有佈景與音樂──從歐陽江河序談北島詩〉，頁74。
[36] 北島〈另一個〉，《零度以上的風景》（臺北：九歌出版社有限公司，1996），

這兩個詩節每行的字數完全相等，意思亦相互補充，在百無聊賴的冬日，詩人記起一些過往的經歷，深入鏡子的樓梯引導著記憶，一步步往再也回不去的時間裡追溯。年少輕狂的血氣之勇，鼓動著詩人爭取飛鳥一般的精神自由，雖然對抗的結果並不成功，最終只能任其壓抑、甚至消亡，不過那曾經握有的自由之質地、重量和觸感，卻從此深刻地記錄在手裡和心裡。從記憶裡反觀現在，當年追蹤自由的莽撞青年，如今已進化為以詩筆近逼自由的自信射手，然而進化的代價，卻是從此遠離最需要自由的國度，正在推進的中國歷史之於遙對家鄉的流亡命運而言，已沒有了實在手感，只剩下像風一般的輕飄恍惚。盲人的手指和自由射手，是這首詩作最精密的安排，它們既可以是表述現在的感慨，亦可以用作對過去經驗的形容，今昔對比的慨然便從詩的首節延伸至末尾，有待實踐的理想依舊是詩人記憶深處最難梳理的糾結。

　　由此看來，江弱水對北島詩的指責實在苛刻了些。作者在同一篇論文裡提到的其他「過度主觀」之超現實主義詩句，例如「是鷂鷹教會歌聲游泳」[37]、「那群逃稅的大象狂奔」[38]等，事實上，都可以從句式關聯及前後文思的脈絡裡，整合出合於邏輯的意蘊。北島流亡之後的語言，雖然節約，但絕對沒有超脫現實太遠。就詩作意圖來看，要在北島憑以貫串〈另一個〉的回憶氛圍裡，找到一絲絲推翻或創建社會新制度的企圖，恐怕相當困難。再者，確認一位作家是否為超現實主義者，除了握有作家作品之外，還得有一分作家

頁 40-41。

[37] 北島〈零度以上的風景〉，《零度以上的風景》，頁 117。

[38] 北島〈主題〉，《零度以上的風景》，頁 87。

本人關於自動寫作的自白；就目前所見的訪談及北島自述看來，尚且缺乏這方面的表述。

　　當詩人在一九七〇年代亟需反叛的理念支持理想行進之時，是選擇以存在哲思，而非同為現代主義陣營的超現實主義為依歸，那麼經過了一九八〇年代的詩作重心轉移、再到一九九〇年代的政治放逐，北島與中國時勢對峙的張力，實際上已隨著時間逐漸遞減。身陷流亡之局的詩人，並沒有回頭拾取超現實主義以為精神武裝的理由和必要，迫在眉睫的流亡愁緒和漂泊孤懸才是困結之所在。況且流亡境遇下的寫作，是在成為「巧妙的模仿者或祕密的流浪人」[39]以後才有開展的可能，戰鬥力高昂且狂放不羈的超現實主義，並不是能夠同時安頓現實生活和母語鄉愁的選擇。

　　相對於江弱水向超現實主義傾斜，張棗的「原詩」（metapoery）原則是：「我用這個術語來指向寫者在文本中所刻意表現的語言意識和創作反思，以及他賦予這種意識和反思的語言本體主義的價值取向，在絕對的情況下，寫者將世界形形色色的主題的處理等同於對詩本身的處理」[40]。將這串繁密的意念，以張棗從北島詩作裡觀察到的景致來說明，即是：「藝術個人──在宇宙分配給他的特定位上和際遇中──用記憶和命名來給人的生活世界賦予意義以免它沉冥於無意義的空白之中」[41]。張棗藉著強調北島與「語言本體主義」的契合，賦予詩人無上的命名權力，人的生活因詩人主觀的感悟而免於無意義，字詞的意義亦因作者主體的絕對自

---

[39] 艾德華·薩依德著，單德興譯《知識份子論（增訂版）》，頁87。
[40] 張棗〈當天上掉下來一個鎖匠……〉，頁11。
[41] 張棗〈當天上掉下來一個鎖匠……〉，頁17。

由而獲得更新。這個論證看起來的確振振有詞，可是只要細想「meta-」在文學理論裡所含有的反思創作模式、消解中心意義之特質，就會覺察，張棗所指向的「原詩」定義，並非「metapoetry」之原意。

張棗以其「原詩」詮釋，從北島的〈六月〉裡讀出一幅：「人——在大海邊——言說」[42]的景致，並視此「人」之說是賦予「六月」這個詞「具有新的人文內涵和時代特殊認知」[43]之命名。與其費勁地轉述張棗之說形成的過程，不如直接將此幅景致與〈六月〉原詩互相參照：

> 風在耳邊說，六月
> 六月是張黑名單
> 我提前離席
>
> 請注意告別的方式
> 那些詞的嘆息
>
> 請注意那些詮釋：
> 無邊的塑料花
> 在死亡左岸
> 水泥廣場
> 從寫作中延伸

---

[42] 張棗〈當天上掉下來一個鎖匠……〉，頁 17。
[43] 張棗〈當天上掉下來一個鎖匠……〉，頁 16。

到此刻
我從寫作中逃跑
當黎明被鍛造
旗幟蓋住大海

而忠實於大海的
低音喇叭說，六月[44]

即使北島只給了沒有前導和後綴的「六月」，不過，從「死亡左岸」、「水泥廣場」和詩人提前離席卻仍名列其中的「黑名單」裡忖度，照樣可以毫不遲疑地把這個六月錨定在那個掀起軒然大波的一九八九年六月。在確定了〈六月〉的意義之後，這首詩便也不難解釋，反觀張棗之說，不禁令人摸不著頭緒，其說解之詞甚至比詩作本身更難以理解。

　　詩人上一次明確地提及六四天安門事件，是一九八九年、收錄於《在天涯》裡開卷的幾首詩。真實的事件已從腥風血雨中告退，如今只剩流亡征途上輕飄的風在北島耳邊叨絮，那曾令詩人寫下〈悼亡──為六・四受難者而作〉[45]的悲痛。審視著突然降臨的流亡懲戒和寫在〈悼亡〉中對年輕生命消逝的無奈嘆息，北島除了檢索自己的記憶，也翻看了大陸彼端──唯一合法──的詮釋版本。在那個版本裡，天安門廣場上有著虛假而俗艷的塑料花粉飾權力傾軋的

---

[44] 北島〈六月〉，《開鎖》（臺北：九歌出版社有限公司，1999），頁33-34。

[45] Bei Dao. "REQUIEM for the victims of June Fourth." *Old Snow*. New York: New Directions Publishing Corporation, 1991. p.11. 按：收錄這首詩中文版的《在天涯》並無此副標題。

太平，被否認的民主運動令象徵中國政權的天安門廣場，只能平庸成水泥材質的空曠場所，曾經薈萃的人文風景，則早已被膨脹無邊的塑膠花取代。由塑膠花和水泥廣場建構的六四天安門事件，令北島直覺，其所堅決對抗的中國政治仍不放棄抹平差異、否認自我意識的工程。自六四事件中提前離席，因著流亡而從這種整一的偽善詮釋裡脫逃之詩人，只能遙望著中國的「黎明被鍛造／旗幟蓋住大海」[46]，並且憑恃著流亡，以隱蔽而遠離中心的位處，流傳著相對黑暗卻或許更接近真實的版本。

〈六月〉所含有的情感重量，並非張棗之詮釋所能透顯的，而這首主旨完整、感情內斂、語言精巧的詩作，也著實沒有抵觸任何關於「詩」之概念的想像。張棗只是借重「原詩」對創作者自覺的肯定和後現代思潮裡對歧義的容忍，以解釋其觀察到的北島創作之改變，以及在這種改變下衍生出的「詩不關注地域色」[47]、「對外界物性的虛化和對詞的通約化」[48]、「堅拒古漢語的詞源和語感資源」[49]與「室內感，空白，內化」[50]等等特徵。後現代的零散、拼貼、內在性和不確定性等等概念，或許令張棗可以很容易地將詩作的解釋化流亡心緒之繁，為皆是詩學的內部陳設之簡，但其始終在意的命名和更新詞義等，對確定意義的渴求，卻使其對原詩概念「部分移用」的意圖，更加明顯。

如果不追究張棗「原詩讀法」的後現代成色如何，及其反思定義卻又重回定義老路的無謂里程，順著張棗的閱讀指南領略北

---

[46] 北島〈六月〉，《開鎖》，頁 34。
[47] 張棗〈當天上掉下來一個鎖匠……〉，頁 22。
[48] 張棗〈當天上掉下來一個鎖匠……〉，頁 22。
[49] 張棗〈當天上掉下來一個鎖匠……〉，頁 21。
[50] 張棗〈當天上掉下來一個鎖匠……〉，頁 23。

島流亡後詩作，北島流亡意味的是從「針鋒相對的環扣的權力關係」裡脫出，遠離慣常對手的流亡令「未經寫作命名的世界是空白的」[51]。於是詩人得「用記憶和命名來給人的生活世界賦予意義」[52]，不過，張棗也說：「一九八九年出現的文學流亡現象雖然有外在的政治原因，但究其根本，美學內部自行調整的意願才是真正的內驅力」[53]。如此一來，流亡的真實狀態與北島的創作並沒有絕對的關係，「是白話漢語的成熟生成了並承擔得了『流亡』話語」[54]。換句話說，在現代漢語成熟的過程裡必然會開展出「流亡話語」，但此生成的過程中，卻無關真實的流亡境況開展與否，因為「先鋒，就是流亡」[55]。張棗定義下的流亡，只需要「對話語權力的環扣磁場的游離」[56]就夠了。這麼說，秉持著口語化、生活化等先鋒意識寫作的中國當代第三代及其後之詩人，亦不啻為「流亡」。那麼，對於真正生活並寫作於流亡之中的詩人，還可以用何種「話語」涵蓋之？

　　一再將北島流亡後詩作推向純粹的詩學或語言問題，既是取消了創作者對語言的支配地位，從另一方面說，張棗亦是否認了元敘述的可能。將這篇詩論文章分析至此，除了看見評論者紊亂而矛盾的說詞之外，終究還是沒能為獨見於北島──而不是第三代及其後詩人──流亡詩作裡的「空白」提出令人信服的解答。

---

[51] 張棗〈當天上掉下來一個鎖匠……〉，頁 8。
[52] 張棗〈當天上掉下來一個鎖匠……〉，頁 17。
[53] 張棗〈當天上掉下來一個鎖匠……〉，頁 9。
[54] 張棗〈當天上掉下來一個鎖匠……〉，頁 9。
[55] 張棗〈當天上掉下來一個鎖匠……〉，頁 9。
[56] 張棗〈當天上掉下來一個鎖匠……〉，頁 9。

第二節　迷思：世界詩歌或漢語詩歌

　　歐陽江河和江弱水在透過不同讀法、各自切近北島詩後，將收束全篇的結語導向「漢語性」的檢討，無獨有偶，張棗亦是以白話漢語自身的成熟來確立流亡話語之於詩人的必然，並以此架構起全篇詩論的核心。「漢語」或「漢語性」顯然是個評論者迂迴趨近的話題。只是，在每一位評論者皆相當謹慎地安排「流亡」涉入詩作討論的時機，並試圖以控制關於「流亡－政治放逐」的篇幅，將北島流亡詩作的討論引向純粹文學探究的狀況下，要想跳過流亡詩人之「流亡」內容以及蘊含其間的語言思考，為遠離中國家園、仍以母語寫作的詩人釐訂其創作的漢語性含量，實無異於緣木求魚。

　　完全離開中國的北島，令評論家無法將他納入中國當代詩歌的文化語境裡評估，可是評論家卻也從不討論北島「不在中國」的創作意識，於是北島永遠只能被置放在既非中國，亦非中國以外的真空狀態裡被討論。這不僅令詩作與流亡的連繫無以為繼，亦是諸家論述始終無法給出解釋、只能提出各種「讀法」的主要原因。對只是「書序」性質的歐陽江河、江弱水和張棗之文論來說，這或許是太過嚴苛的要求，只是後來的評論者竟也無意試圖深入問題之所在，倒頗令人匪夷所思。

　　漢語性或漢語特質的成分多寡，並非新詩的新鮮話題。現代漢詩與中國數千年漢語傳統如何銜接的質疑，奚密指出，這不只是清

末民初知識分子在創建「新詩體例」時，所聚焦和開展的議題，乃至於一九八〇年代的「朦朧詩論爭」，其爭論的基礎亦不外乎文學傳統承接的問題[57]。只是何以當朦朧詩已不再顯得朦朧，新的文學典範不斷生成、文壇對「創新」與「傳統」限度已不再狹隘的一九九〇年代，關於北島流亡詩作的討論又繞回漢語性之上？這與宇文所安在眾家評論者提出各自讀法之前，率先發表北島英譯詩集 *The August Sleepwalker* 之書評有關。

　　在那篇名為〈什麼是世界詩歌？〉[58]的書評裡，與其說是本於北島詩作開展的討論，毋寧說是對現代漢詩的全面質疑。宇文所安推展論述的方式，首先認定中國現代詩創設的借鑑，是來自於翻譯（有時可能是翻譯得極差）的西方浪漫思潮及現代主義，是以，靠著這種文學養分哺餵的一代代詩人，其詩作實無異為一種自西方詩歌正統衍生出來的文本。而在全球化的語境裡，一旦在寫作時，「詩人想像中的讀者（The imaginary audiences of poets）」[59]是預設為母國以外的讀者，那麼翻譯的難度勢必將納入創作策略的考慮裡，於是，詩人傾向以容易翻譯的詞語替代更有

---

[57] 奚密〈「差異」的焦慮──本土性、世界性、國際性的分疏〉，《現當代詩文錄》（臺北：聯合文學出版社有限公司，1998），頁 197-202。此文亦於刊載於《當代》總第五十九期（1991/03），以及《今天》總第十期（1991／春）。

[58] 宇文所安（Stephen Owen）〈什麼是世界詩歌？〉，《新詩評論》總第三輯（2006/04），頁 117-128。此文原發表於"The Anxiety of Global Influence : What is World Poetry." *New Republic* (November 1990). pp.28-32.

[59] 宇文所安〈什麼是世界詩歌？〉，《新詩評論》總第三輯（2006/04），頁 117。英文原文見於 Stephen Owen. "The Anxiety of Global Influence : What is World Poetry." *New Republic* (November 1990). p.28.

歷史重量的語彙。當「國際讀者」讀到這類「世界詩歌」時，尤其對於那些「身為國際讀者中的英美或者歐洲成員」[60]來說，「我們閱讀的是從我們自己的詩歌遺產之譯本所衍生出來的詩歌之譯本」[61]。

北島，便是那位在論述架構完整之後，被帶入以為印證的「詩人」。在如此標準下，宇文所安如是說：「《八月夢遊者》裡的詩大體上是國際詩歌。地方色彩被使用，但是不多。這些真正的國際性詩歌也不光是靠出色的譯者功力，它們有自行翻譯的本領……我們看到的譯詩的確就是原詩的一切。《八月夢遊者》裡的詩，寫來就是為了不會在國際旅行中變質的」[62]。

宇文所安在這篇〈什麼是世界詩歌？〉裡提出的，並不只是單純關乎北島詩作的意見，除了詩人詩作外，至少還引出了兩種不同層次的議論糾葛。一是宇文所安在評論中以為論述開展基底的中國現代詩身世之謎；另一項，則是西方漢學家在觀看東方時，有待檢視的評論視野。奚密於〈「差異」的焦慮──本土性、世界性、國際性的分疏〉一文中，已就中國現代詩的淵源針對宇文所安的理解作出回應，並指出「如果從三千年的古典詩傳統來看，現代漢詩還是異端的話，我們仍不能否認現代詩的產生和發展不可能在整個中國詩傳統之外存在，其意義也不可能在中國傳統之外探求。一點也不矛盾的是：宇文教授對『中國詩』和『世界詩』之間差異的消失的憂慮，也正是他對『傳統詩』和『現代詩』之間差異消失的憂慮。兩種憂慮我以為都是想像比現實的成

---

[60] 宇文所安〈什麼是世界詩歌？〉，《新詩評論》總第三輯（2006/04），頁120。

[61] 宇文所安〈什麼是世界詩歌？〉，《新詩評論》總第三輯，頁120。

[62] 宇文所安〈什麼是世界詩歌？〉，《新詩評論》總第三輯，頁120。

分居多」[63]。至於更根本的評論家視野，則由周蕾〈寫在家國以外〉[64]承擔起剖析的任務。詩人詩作以外的議題，都有人挺身回應了，反倒是北島在這些論文裡被引為證據的詩，卻一直孤立無援地落在各種論述之外。

The August Sleepwalker 是由北島一九八六年出版的《北島詩選》[65]為底本，再加上寫於一九八六年的〈白日夢〉而成。從英譯詩集的譯者序言得知[66]，The August Sleepwalker 的時間跨度長達十六年，以北島初執詩筆的一九七〇年為始，至詩人暫時歇筆的一九八六年為終。這十六年之間，北島所身處的中國，正在經歷它沉痛的無產階級文化大革命、都市青年上山下鄉以及極度嚴格的出版審查制度和思想箝制。如果說北島詩作呈現出以非本國讀者為取向的跡象，那也絕不該是出現在其一九八六年之前的作品裡。整個一九七〇年代，北島的寫作僅與部分詩友祕密交換，或是在地下沙龍裡小心翼翼地流傳，抄家或者下獄，是彼時地下文學圈子裡時有耳聞的消息。當詩作在中國公開發表已是不可能，更遑論在那個精神貧瘠、國情封閉的年代裡，找到有相當功力的譯者，將自己推荐給國際出版者，以取悅那些所謂的「國際讀者」。

宇文所安曾在評論中「截取」北島寫作於一九七二年的詩作〈真的〉之詩句：「春天是沒有國籍的，／白雲是世界的公民。

---

[63] 奚密〈「差異」的焦慮——本土性、世界性、國際性的分疏〉，《現當代詩文錄》，頁 198-199。

[64] 周蕾〈寫在家國以外〉，《寫在家國以外》（香港：牛津大學出版社，1995），頁 1-38。

[65] 北島《北島詩選》（廣州：新世紀出版社，1986）。

[66] Bonnie S. McDougall. "Translator's Note." The August Sleepwalker. New York: New Directions, 1990. p.15.

／／和人類言歸於好吧，／我的歌聲。」以為「立志成為漂洋過海的國際詩歌」[67]之例證。然而，一九七二年，北島開始寫詩的第二年，與其說〈真的〉表達了作者意圖消弭國界限制、讓自己的詩歌像春天可人的雲朵般飄向世界之企圖；不如將這首詩人的少作，還原到初執詩筆時摸索詩歌語言的青澀。一旦還原這首詩的原貌與全貌[68]，宇文所安的誤讀便站不住腳。年僅二十三歲的北島，在一九七二年寫下一系列以大自然景象為題的短詩，包括〈你好，百花山〉、〈我走向雨霧中〉、〈五色花〉、〈雲呵，雲〉，以及這首〈真的〉。這首僅僅十二行的〈真的〉有兩個版本，其原貌如下：

> 龜紋沒有給冰帶來長壽，
> 它們在咒罵聲裡分崩消融。
> 一塊石子在水上跳跳蹦蹦，
> 留下了一排天真的指紋。
>
> 真的，這就是春天呵，
> 狂跳的心攪亂水中的浮雲。

---

[67] 宇文所安〈什麼是世界詩歌？〉，《新詩評論》總第三輯（2006/04），頁 121。

[68] 宇文所安所引據之詩作的全貌：濃霧塗白了每一棵樹幹，／馬棚披散的長髮中，／野蜂飛舞。綠色的洪水／只是那被堤岸阻隔的黎明。／／在這個早晨，／我忘記了我們的年齡。／冰在龜裂，石子／在水面留下了我們的指紋。／／真的，這就是春天呵，／狂跳的心攪亂水中的浮雲。／春天是沒有國籍的，／白雲是世界的公民。／／和人類言歸於好吧，／我的歌聲。此詩乃是北島在收錄於《北島詩選》時改動過的版本。然而，在探究作者創作原初意念時，仍須以詩作原貌為準。

> 春天是沒有國籍的，
> 白雲是世界的公民。
>
> 和人類言歸於好吧，
> 我的歌聲。[69]

很明顯的，宇文所安的詮釋完全偏離了春天和白雲兩句的意涵，這一系列以景寓情的短詩，蘊含著北島對當前國家處境的深刻感懷。文革還有四年才結束，身處時間洪流中的詩人，自然無法預知文革的盡頭，文學自主的曙光仍是隱蔽在更深層次裡的想望。詩人想說的，其實很簡單：文學是超越一切之上的美好事物，讓人在酷寒中依舊充滿希望，和感動。一如春天和白雲的隱喻。然而，把政治意味濃重的「國籍」和「公民」置放於冰封解除、春臨大地的慶幸裡，卻無疑是〈真的〉裡最突兀的兩個字眼。

　　至於宇文所安所言之「我們看到的譯詩的確就是原詩的一切」，Dian Li 曾在其學術專著 *The Chinese Poetry Of Bei Dao, 1978-2000: Resistance and Exile* 中，以一個完整的章節[70]討論了北島詩作中不可翻譯的成份，依 Dian Li 所言，隱喻的文化背景以及歷史的知識和語感是北島詩作中難以準確對譯的部分[71]。北島的〈同謀〉便具備了這些特質：

---

[69] 北島〈真的〉，收入李潤霞編《被放逐的詩神》，頁 395。

[70] Dian Li. *The Chinese Poetry Of Bei Dao, 1978-2000: Resistance and Exile*. New York: The Edwin Mellen Press, 2006. pp.101-113.

[71] Dian Li. *The Chinese Poetry Of Bei Dao, 1978-2000: Resistance and Exile*. pp.107-109.

手的叢林，一條條歧路出沒

那只年輕的鹿在哪兒

或許只有墓地改變了這裡的

荒涼，組成了市鎮[72]

In a jungle of hands, roads branch off and disappear

Where is the young deer

Perhaps only a graveyard can change

This wilderness and assemble a town[73]

北島在這首〈同謀〉之中，表達了「自由不過是／獵人與獵物之間的距離」[74]，由是，年輕的鹿是這首詩裡的獵物，北島則化身為獵人。在尋鹿的過程中，詩人以手撥開樹叢林，前方紛紛的歧路一如刻在掌紋上的命運，「逐鹿中原」的古諺亦合於北島此時亟欲探求人生意義的渴望。掌紋上的命運以及逐鹿中原的深意，是在英語譯文中讀不到的中國文化意識。在其他的詩作中，例如：〈回答〉裡「死無報應」的翻譯「death has no revenge 無疑喪失了一些修辭的力道，譯文掩蓋了這個表述中廣為流傳的佛教宗教暗示」[75]；還有，在〈守靈之夜〉[76]裡屢屢出現的「百年」，百年既可以是一百年或者更久遠的時間，但這個詞同時也可以是年壽的盡頭，詩意在歧義間油然而生，然則，翻譯卻只能從中選取一種加以詮釋。

---

[72] 北島〈同謀〉，《北島詩選》，頁 117。
[73] Bei Dao. "Accomplices." *The August Sleepwalker*. New York: New Directions, 1990. p.89.
[74] 北島〈同謀〉，《北島詩選》，頁 117。
[75] Dian Li. *The Chinese Poetry Of Bei Dao, 1978-2000: Resistance and Exile*. p.109.
[76] 北島〈守靈之夜〉，《北島詩選》，頁 168-169。

　　以國際讀者為「詩人想像中的讀者」之創作取向，實為沒有根據的主觀臆測，而可替換的詞語和能夠自動翻譯的詩行，事實上也不曾存在。北島詩作並不能被宇文所安所定義的「世界詩歌」，粗暴地涵括起來，這是種完全沒有說服力的魯莽比附，尤其當宇文所安是以北島一九八六年之前的詩作為樣本時。

　　身在中國、並經歷過與北島大致相同歷史的評論家，深諳一九八六年之前的詩作絕無「世界詩歌」的可能，所以紛紛自動自發地，將相對於「世界詩歌」的「漢語性」，挪移到北島流亡詩作的時段裡討論。歐陽江河如此、江弱水如此，張棗也沒有從這種「自動自發」的制約裡倖免。

　　張棗透過肯定現代漢語的主體性，並建立白話漢詩之於「流亡話語」的必然，反駁了漢語性的有無，並非與「古漢語詞源和語感資源」借鑒形成正向比例的關係，由是，北島流亡詩歌裡的漢語性便是毋庸置疑的。江弱水卻以相同的出發點，得出完全相反的結論，認為北島的詩「集約化的意象、短兵相接的句法，起落無端的詩節，有的是質感，卻沒有樂感」所以「在通過翻譯時，音樂性上幾乎沒有什麼折扣可打」；再加上「其民族歷史文化的遺傳因子之極為罕見……略無民族傳統的牽掛，遂可以在不同的語言之間赤條條來去」[77]，這便是令北島流亡後詩作不僅擁有「世界語特性」[78]，亦是其詩「具有高度抗磨損性」、宜於翻譯[79]的兩大原因。至於把漢語性界定為「不僅僅是個工具理性問題，操作問題，表達或傳播問題，也是心靈問題」[80]的歐陽江河，雖未對

---

[77] 江弱水〈孤獨的舞者，沒有佈景與音樂──從歐陽江河序談北島詩〉，頁76。
[78] 江弱水〈孤獨的舞者，沒有佈景與音樂──從歐陽江河序談北島詩〉，頁78。
[79] 江弱水〈孤獨的舞者，沒有佈景與音樂──從歐陽江河序談北島詩〉，頁69。
[80] 歐陽江河〈初醒時的孤獨──序《零度以上的風景》〉，頁35。

任何一個「問題」提出精確的說解，但從前文的意向裡推敲，應是偏向肯定的。

　　無論是歐陽江河或者江弱水以漢語性作結，或是張棗以現代漢語的成熟為前提，評論者對北島流亡後詩歌所做出的努力，事實上，皆是糾纏在詩作之漢語性有無的界定上。當宇文所安首先把漢語性設定為語言之歷史文化感的考量，自動自發的評論者亦只依附、囿限在宇文所安所設限的層次裡。從前文分析過的評論者取徑，可以很容易地判讀，無一人是循著原文脈絡裡「想像中的讀者」之前提行進的，雖然評論者各自將議題與詩作的配合挪移至流亡之後，但仍然沒有試著避免對作者創作意圖的輕忽。〈什麼是世界詩歌？〉的論述，挑起了評論者對現代漢詩「漢語性」的警覺，只是，無論讚許或者貶抑北島的詩作，中國評論諸家皆只拾取了宇文所安的結論，敷衍成自己對於北島流亡詩作「漢語成色」的意見。

　　宇文所安本想單刀直入地將北島詩作畫入「世界詩歌」的一邊，但因為錯過了對作者的創作背景考量，鎩羽而歸。反觀被動拾取「漢語性」與北島流亡詩作之議題的中國評論者，則是各自從〈什麼是世界詩歌？〉裡，截取契合的「漢語性」斷章與自己的見解彌合，雖然囫圇，但還足夠得出各自滿意的漢語成色。這幾篇一九九○年代的討論，形塑了此後中國評論者對於北島流亡詩作之漢語性的論述方式，然而弔詭的是，最初攪擾起這個議題的「詩人想像中的讀者」之探究，卻沒有跟著「世界詩歌」之論飄洋過海。自〈什麼是世界詩歌？〉於美國首度發表至今，即將屆滿二十年，北島詩論在其間雖時有所見，但始終沒有人在意，北島寫作流亡詩作時，「想像中的讀者」究竟為何。

　　宇文所安倡言之「詩人想像中的讀者」，實可由 Wolfgan Isser 提出的「潛在讀者」概念加以涵蓋。「潛在讀者（implied reader）既

是文本潛在意義（potential meaning）的前結構，亦是讀者得以在閱讀過程中實現文本潛在意義的可能」[81]。換句話說，「潛在讀者」即為作家寫作過程裡所設定的可能讀者；「潛在讀者」除了承接作者交流的意向，也保留了讀者從各種角度解釋文本的權利。將此讀解的過程，對照至前文論及的諸種讀法，評論家各自提出的見解，亦不外乎試圖實踐作者賦予潛在讀者的其中一種意向。然而，在歐陽江河、江弱水和張棗的讀法，都沒能讓北島流亡後詩作豁然開朗的情況下，要想勾勒北島詩作潛在讀者的第一步，莫過於——讀懂北島詩、讀懂詩裡的「空白」。

第三節　關鍵詞：北島

文本裡的空白、意義未定之處，在 Wolfgang Iser 的解釋裡，那些「表面上看來因為瑣碎而沒有被寫出來（unwritten）的場景、以及未被說出卻足以在讀者心裡產生激盪的話語，並不只是為了要吸引讀者加入閱讀的活動，亦是引導著讀者漸漸融入作者所勾勒的已知境況（given situation）裡，如此一來，讀者就可以接受文本裡的真實。不過當讀者的運用想像力活化了作者並未寫定的輪廓時，讀者的想像力亦反過來影響了文本中已寫出來的部分」[82]。當超現實

---

[81] Wolfgang Iser. *The Implied Reader: Patterns of Communication in Prose Fiction From Bunyan to Beckett*. p. xii.

[82] Wolfgang Iser. *The Implied Reader: Patterns of Communication in Prose Fiction From Bunyan to Beckett*. p.276.

主義、後現代主義以及歐陽江河所謂的「北島詩的三種讀法」，皆一一被排除在「合理」的詮釋之外，我們亦該從批評諸家只能羅列卻無法說解的北島詩作特色裡，回到作者與潛在讀者的牽制關係中、回到文本的已知境況裡，尋找讀懂北島流亡詩作的可能。

　　作者對詩作的詮釋，往往是所有詮釋中最具權威的，不過，北島從未完整地解讀過任何自己的作品，在一九八一年之後亦不再發表其詩觀，甚至詩集發行時的前言後序、創作繫年，皆一概留白。北島在意的是——「詩是不能談的東西」[83]。即使北島的流亡詩作，仍是毫無例外地，沒有指引方向的作者自道，但我們還是可以藉著北島從一九七〇年代就開始蓄積、一九八〇年代逐漸成熟，直至流亡之後從未改變的、「一致的語言經驗」，作為靠近北島的依據。

　　一九七〇年代的〈告訴你吧，世界〉[84]、〈回答〉[85]、〈宣告——給遇羅克烈士〉[86]以及〈結局或開始——給遇羅克烈士〉[87]等詩作中，北島讓人印象深刻的反抗意識與殉道精神，是詩人初登詩壇的強烈個性。在這幾首詩中，詩人明確的題目設置，例如：給遇羅克烈士、〈告訴你吧，世界〉，讀者可以毫不懷疑地將詩作之詮釋，導向那個處決了遇羅克的中國政治氛圍，以及積滿苦悶、迷惘和失望，迫使人高聲吶喊「告訴你吧，世界／我——不——相——信！」的社會情境。詩人藉著自己的詩與當代中國緊緊貼合。中國，既是逼迫北

---

[83] 北島、瞿頓〈附錄：中文，是我唯一的行李〉，《失敗之書》，頁 295。

[84] 北島〈告訴你吧，世界〉，收入李潤霞編《被放逐的詩神》，頁 419-420。

[85] 北島〈回答〉，《北島詩選》，頁 26。

[86] 北島〈宣告——給遇羅克烈士〉，《人民文學》1980 年第 10 期（1980/10），頁 33。

[87] 北島〈結局或開始——給遇羅克烈士〉，《上海文學》1980 年第 12 期（1980/12），頁 47-48。

島吶喊不住的壓力，卻也是令一代人將詩人簇擁上「英雄」位置的推力。在初執詩筆的一九七〇年代，北島顯然就已經將自己與中國繫上了強而有力的聯結。

深入人心的對抗姿態一直尾隨北島，進入一九八〇年代。

一九八〇年代地下文學雜誌《今天》的發行與風行，無疑加強了詩人的叛逆氣質。伴隨著《今天》舉辦的文學討論會、詩歌朗誦會以及畫展，無疑令北島及其盟友發揮了前所未有的社會影響力。擘畫《今天》的啟蒙精神和承擔勇氣，實與〈結局或開始〉中「我，站在這裡／代替另一個被殺害的人／沒有別的選擇／在我倒下的地方／將會有另一個人站起」[88]同出一轍。如此，讀著《今天》的讀者，亦一併讀取了詩人以文學干預政治的意圖。將《今天》所帶有的、既外露（高調發表政治之作）又內隱（祕密流傳《今天》雜誌）的暗示，換算進讀者的詮釋視野，中國政治和詩人北島便有如齒輪一般，因為互相齧合而推動彼此。多年之後，北島亦不無埋怨的提及：「其實我的詩風自八十年代初起發生了很大的變化，更加內省多變，而一般的讀者沒有耐心去跟蹤這種變化」[89]。

一九八〇年代的北島詩作，的確有變，變得不似以往的狂飆，然而，只要追究過呈現這些「變化」的詩作內容後，還是能夠辨認出，詩人依舊沒有叛離中國之宗。即使北島在此時重新審視自己的

---

[88] 北島〈結局或開始——給遇羅克烈士〉，《上海文學》1980 年第 12 期，頁 48。

[89] 北島、南方都市報〈《今天》的故事——北島訪談錄〉，《今天文學雜誌網絡版》（http://www.jintian.net/fangtan/2008/nfdsb.html）。按：本文原刊載於 2008 年 6 月 1 日南方都市報 GB32 版篇名為〈1978 年 12 月，《今天》創刊：青春和高壓給予他們可貴的能量〉。相同的文章刊於《今天文學雜誌網絡版》之上時，更名為〈《今天》的故事——北島訪談錄〉，內容比原刊更為完整，故此處引文取自《今天文學雜誌網絡版》。

〈履歷〉[90]、捨棄一九七〇年代的「英雄形象」，並轉以存在的本質向生命更根本意義的探尋。可是，當詩人自述的履歷總還是與中國當代政治糾葛不斷、無時無刻對其所生存的世界感到困滯時，於此開展的存在意義和生存本質，仍然逃脫不了當代中國的政治主題以及與之直接相關的社會情境。

一九七〇、一九八〇年代，北島因為身在／生在中國，所以責無旁貸地書寫中國。這時期的北島詩作自然也允許讀者毫不猶豫地帶入相應的「中國情境」，作為詮釋詩人創作意圖以及理解詩作內涵的基礎背景。不過，這種有恃無恐的詮釋路徑，到了北島開展其流亡命運之時，便告失效。「在天涯」的流亡情境，順勢接管了北島創作的底蘊。「流亡意味著將永遠成為邊緣人，而身為知識分子的所作所為必須是自創的，因為不能跟隨別人規定的路線」[91]，所以，北島的流亡世界，只能由北島自己打造，流亡征途上的抉擇取捨，也只有北島可以為自己自圓其說。流亡的現實生活如此，以流亡話語鍛造的流亡詩歌亦然。追索北島遺留於《在天涯》的語言思考、家國意識以及寫作取向，於焉成為理解北島在流亡中如何自處的必要，這也是貼近北島流亡情境唯一的途徑。

透過《在天涯》一步步澄清的流亡意識，北島從語言開始，漸次地將家國意識和寫作取向定位於中國。既然是中國的政治造就了現今的流亡，那麼揭露圍困在「玻璃世界」[92]內的中國陳痾，亦該是「流亡」為詩人保留的特權。詩人於一九八六年之後一度暫停的詩筆，藉著流亡中的寫作，再度銜接上一九七〇、一九八〇年代以來，不與中

---

[90] 北島〈履歷〉，《北島詩選》，頁114-115。
[91] 艾德華・薩依德著，單德興譯《知識份子論（增訂版）》，頁100。
[92] 北島〈寫作〉，《在天涯》，頁40。

國妥協的立場。此時的對峙表面上看來雖然一致，但就詩人與祖國的張力而言，在流亡征途上的北島卻更顯得孤立無援。再者，流亡的戰線一旦拉長，流亡者與真實中國的距離也只有愈來愈大，詩人生命裡「中國經驗」的比重，亦會隨著時間的流逝而愈來愈小。在「中國」的資源不斷流失、卻又無力回歸現實中國的情況下，自一九八〇年代以來，便時常逡巡於過去與現在、並藉此釐清自身存在意義的北島，重拾了這個主題，時間長河裡的中國，成為此時流亡寫作的進路。

　　自事件平面向歷史縱深轉移，北島將冠冕堂皇的史籍編纂，還原至運籌帷幄的帝國野心：

> 不僅是編年史
> 也包括非法的氣候中
> 公認的一面
> 使我們接近雨林
> 哦哭泣的防線
>
> 玻璃鎮紙讀出
> 文字敘述中的傷口
> 多少黑山擋住了
> 一九四九年
>
> 在無名小調的盡頭
> 花握緊拳頭叫喊[93]

---

[93] 北島〈守夜〉，《零度以上的風景》，頁 90。

只要能夠順利讀取北島在這首詩裡賦予「一九四九年」的重量，那麼編年史的主體、淚水滑落的緣由，以及握緊拳頭叫喊的歌者，便都能夠迎刃而解。史官認可的編年紀事，是宜於入門的中國導覽手冊，但同樣誕生於一九四九年的北島，卻擁有一份自己的、足以彌補編年罅隙的記憶。與滿佈傷疤卻無從繫年的記憶相比，屢屢將廣大黎民隱匿的編年史，無疑比傷痛的真實記憶更令人感到可悲。北島將編年正史跟他的個人經驗進行對照，透過玻璃帷幕扭曲折射了的中國歷史，同時呈現出其既光鮮又晦暗的兩面。光鮮的是文字敘述裡的榮景，晦暗，則是被榮景掩蓋的傷口，滿是瑕疵的歷程不容許被紀錄，回溯往一九四九年的里程不斷逼使著詩人退向哭泣的防線。不見容於編年史文字敘述的一頁，只能被織進無名小調裡，而最初唱出這一曲的創作者，必無懼於大鳴大放之後的凋萎。中國的當代歷史，或許還該慶幸它仍擁有許多志士，執著地為它看照黑暗。北島在流亡之前，即是其中的有志者，流亡之後，寫下〈守夜〉和〈六月〉的詩人，仍自詡為中國的守夜人。

北島在〈守夜〉裡所表達的訴求，其實與一九七〇年代的〈結局或開始〉、一九八〇年代的〈同謀〉相去不遠，但很明顯地，流亡後的詩作裡，已經沒有了早期的躁動和憤怒，取而代之的，是冷靜而低迴的沉吟。〈哭聲〉所著墨的，亦是與此相似的議題，然而，詩人的筆力和思考，更往歷史編纂的權力表面深入一層，剝開史籍的書頁、直接走進歷史生成的過程：

> 歷史不擁有動詞
> 而動詞是那些
> 試著推動生活的人

是影子推動他們

並因此獲得

更陰暗的含義

……

讓不幸降到我們

所理解的程度

每家展開自己的旗幟

床單、炊煙或黃昏[94]

北島在這首詩裡捨棄了〈守夜〉裡用以定位的時間刻度，只含蓄地以「每家展開自己的旗幟／床單、炊煙或黃昏」暗示這部歷史的擁有者，但是，只要我們沒有錯過北島生平裡的當代中國背景，以及詩人曾經主張過的政治訴求，那麼北島在〈哭聲〉裡省略的明確指涉，卻也不至於令讀者錯讀。從未實現自由諾言的中國政治，在北島筆尖的剖析下，本該如同「廢墟」的專制政體卻仍「有著帝國的完整」[95]。籠罩著沉重陰霾的〈哭聲〉因著帶入北島的形象，而得以鑲嵌進詩人超過二十年、與中國長期對抗的脈絡意義裡，換言之，北島是以自身的流亡現實、曾有過的反叛履歷，作為讀解〈哭聲〉的首要媒介。

在北島關於中國的流亡詩作中，宏觀的角度是用來縱論全幅歷史的，只要中國的共產政體一天不垮臺，宏觀而粗略的概述，永遠適用為流亡的一貫立場。至於全幅歷史裡大量留白的細節，北島則

---

[94] 北島〈哭聲〉，《零度以上的風景》，頁 95-97。

[95] 原詩句為：「詞已磨損，廢墟／有著帝國的完整」。北島〈寫作〉，《在天涯》，頁 40。

更願意以其長期累積在讀者腦海中的對抗歷程，來自動填補，一如
在〈新手〉中：

> 新手的夜晚
> 無所畏懼
> 他們在房頂齊聲朗讀
> 一紙無字的黃昏
> 他們在大雪的債務
> 和馬的喘息中
> 接近開花的地點
> 他們在時代廣場上
> 著書立說
> 用長鞭觸及意義
> 在水泥裂縫
> 種自己的名字[96]

乍讀之下，這首詩其實適用於任何與權力對抗的場合。「時代廣場」
可以是任何時空裡的公共領域，「在水泥裂縫／種自己的名字」，如果
不是意味著慷慨就義，那就是名留青史了，反叛的歷史不都是如此寫
就的。將「北島」從詩裡摒除，這〈新手〉仍是相當完整，不過，當
我們「恰巧」瞭解北島也有過一段與政治周旋的歷練時，那麼把北島
的生平填充進這首詩的情境裡，無疑是更切合詩人詩旨的。

北島在這首〈新手〉裡，用了比〈履歷〉減省許多的詩行，講
述跨度相同的歷史。在不擾亂時間與事件齧合的條件下，詩人擴大

---

[96] 北島〈新手〉，《零度以上的風景》，頁 74-75。

了每個詩行所涵蓋的時空容量。新手的夜晚，既可以是初初寫詩的
悸動，也可以是草創《今天》的刺激，甚至也可以是一九七〇年之
前，北島還沒對文革失去興趣、準備躋身為革命前線分子的興奮。
初嚐為自己發言的自主自覺，是令平凡閒暇的黃昏之所以顯得義無
反顧的原因。

　　與「北島詩歌」互相滲透的「北島經驗」，成為推展詩作前進的
主要情節，以自己的履歷加深詩作的內蘊，則是作者對讀者設下的
考驗，同時也是詮釋上的誘餌。

　　已在〈新手〉裡提及的輝煌歲月，只說一次似乎不夠，況且北
島還有更精簡的寫法：

> 必須修改背景
> 你才能重返故鄉
>
> 時間撼動了某些字
> 起飛，又落下
> 沒有透露任何消息
> 一連串的失敗是捷徑
> 穿過大雪中寂靜的看臺
> 逼向老年的大鐘[97]

「所謂『修改背景』，指的是對已改變的背景的復原，這是不可能的，
因而重返故鄉也是不可能」[98]。詩作首節言及的流亡放逐，將接續

---

[97] 北島〈背景〉，《零度以上的風景》，頁 48-49。

[98] 北島、唐曉渡〈我一直在寫作中尋找方向──北島訪談錄〉，《詩探索》2003

的詩行定調於造就流亡的經歷。只要追隨過北島，從〈告訴你吧，世界〉、〈回答〉、〈結局或開始〉，一路到〈履歷〉、〈同謀〉和〈另一種傳說〉，那麼在時間之中「起飛，又落下」的字，亦不外乎詩作內外的擾攘。

北島筆下的中國，大致是由〈守夜〉、〈哭聲〉和〈新手〉、〈背景〉兩個維度架構起來的。無法持續開展的中國情境，令詩人只好將中國的角色凝結在當代歷史錯誤的開端，北島的中國流亡知識分子身分亦藉此確定下來。不斷被提起的青春詩篇，既是造就詩人流亡的罪證，亦是詩人生涯中最燦爛的一頁，雜糅在這兩個意義之上的叛逆和生氣，反襯的是流亡詩人同樣不接受妥協的態度。如此流亡者的中國，雖然有著不容懷疑的真實，但未免有些陳舊。流亡侷限了中國主題的開展，但流亡者卻不能離開確認自己身分的中國。衡量了流亡寫作的重重條件，北島將詩藝／詩意的呈現轉向語言的錘鍊。

流亡於歐美，北島本該有更多的機會借鑒西方的詩學理論，不過詩人流亡後的詩作語言卻沒有向生活化和口語化的英詩傳統或者後現代詩學傾斜，反而一再於訪談中提及「我在海外朗誦時，有時會覺得李白、杜甫、李煜就站在我後面」[99]、「這些年在海外對傳統的確有了新的體悟……中國古典詩歌對意象與境界的重視，最終成為我們的財富」[100]。北島對古典漢詩的實踐，最明顯之處，在於以文言文式的語言鍛煉，加強字詞／詩意的密度。從

年 3-4 期，頁 170。

[99] 北島、唐曉渡〈我一直在寫作中尋找方向——北島訪談錄〉，《詩探索》2003年 3-4 期，頁 168。

[100] 北島、唐曉渡〈我一直在寫作中尋找方向——北島訪談錄〉，《詩探索》2003年 3-4 期，頁 168。

《在天涯》到《零度以上的風景》、《開鎖》北島的詩句愈益精簡，詩人精簡了字句，卻沒有減省寓意的涵納和回響。在精練字句與擴大意義的平衡點上，北島藉著在詩行間設置特別的關鍵詞組，篩選知悉詩人生平的讀者展讀其流亡之思。即使北島在知悉宇文所安對其詩作的批評後[101]，亦沒有因此偏向，更「東方」的意象和更「幽深」的哲思從來就不是北島的目標。

　　北島流亡詩作裡乍看的空白，實是詩人刻意收斂的、自己與中國的聯結；深埋在北島創作構思中的「潛在讀者」，便直指那些能夠以「中國」、「流亡」、「詩人」等等「北島印象」來填補空白的完美讀者。前文引述之〈六月〉、〈守夜〉以及〈新手〉等等，皆是此創作意念的實現。在極度缺乏知音的流亡征途上，北島仍將流亡的創作意識，以及對中國的永恆激情，化為詩作中有待填補的空白。如此設置，意味的是北島對其流亡詩作的自信，而且詩人並不介意等待讀者跟上他的思緒。一旦讀者能夠懂得詩人安排在詩行裡，以省略為強調的「空白」佈署，那麼，「詩人北島」與「中國流亡者」的聯繫，便也能毫無窒礙地融入讀者對流亡詩作的前理解之中。於是，隱於流亡詩作空白之處、富於政治意涵的「當代中國」便也能在不言之中，映襯著流亡詩人懷想中國鄉情、續寫中國政治的立場，進而成為讀者閱讀北島所舖陳之鄉愁和離騷時，不假思索代入的「大自然」。

　　「當代中國」和「流亡詩人」的張力一經確立，北島自一九七〇年代以來之於中國的意義，不僅加強了流亡詩人的中國身

---

[101] 奚密曾在北島主編的《今天》文學雜誌上發表了針對宇文所安〈什麼是世界詩歌？〉一文的回應文章：〈「差異」的焦慮──本土性、世界性、國際性的分疏〉《今天》總第十期（1991/春）。由此可知，北島並非對宇文所安之說一無所知。不過北島並沒有對此書評發表任何回應，往後的作品，亦未見到針對宇文所安之言做出的「修正」。

分，往昔「在中國」的對抗形象亦得以在流亡之中得到延伸。換言之，「中國」將隨著北島的流亡詩作一再被讀取，而當代的中國政治，亦將永遠無法擺脫詩人反身建構「中國」的負隅抵抗。北島安排在一九八九年之後詩作裡縝密而耐人尋味的空白，是詩人有別於「在中國」時期，藉以建立自己與祖國渾然不可二分的精緻筆觸。即使北島不在中國，中國卻不曾自其詩作中消失。只是，當詩人對「中國流亡者」定位的執著，以及對「潛在讀者」的嚴格要求，成為貫穿流亡後將近兩百首詩作的根本意念時，流亡詩人憑以重現「情感中國」的機關設置，其實也很有可能會漸漸定型為召喚「中國」的特定修辭。然而，其間的分寸，端看北島與讀者自由心證了。

結　語

　　一九八九年北島因六四天安門事件而流亡，流亡的詩人自此消失在中國讀者的視野裡。直到二〇〇三年，收錄了北島自一九七〇年代至一九九八年創作的《北島詩歌集》在大陸發行，關於北島詩作的討論才又為中國評論家所重視。不過，由於詩論家皆急於在當代詩史裡補上北島流亡詩作的空白，以致於無心梳理北島的流亡心境，以及探尋引導流亡寫作的流亡意識。直接挪用歐陽江河、江弱水與張棗等人，於一九九〇年代發表之書評以為理論借鑒，是大部分詩論家的作法。只是，當細讀過歐陽江河、江弱水和張棗的文論之後，卻會發覺，這三篇主導著北島流亡後詩作的論述，不只各自

提出的「讀法」無法切合北島詩作，而且各家的讀法本身，亦充滿
了各種理論的誤用。

　　宇文所安的〈什麼是世界詩歌？〉則是另一個影響北島流亡詩
論的重要書評。宇文所安認為北島一九九〇年在美國出版的英譯詩
集 *The August Sleepwalker* 之詩作，基本上是一種以歐美讀者為潛在
讀者、具有自我翻譯的本領，但卻沒有歷史文化感的「世界詩歌」。
不過，只要將北島的詩作加以繫年勘察，便會發現，宇文所安所忽
略的作者意圖、創作情境以及詩學淵源，皆使其文論破綻百出。雖
然宇文所安對北島詩作評判的輕忽是顯而易見地，但中國詩論者仍
傾向將「世界詩歌」特質或者「漢語性」，視為北島流亡後詩作的評
估要項。只是，在中國評論者一概枉顧宇文所安論述的前提，只襲
取結論各自敷衍成長篇大論的結果下，北島流亡後詩作之複雜難
懂，評論諸家或許該負起一部分的責任。

　　當現前圍繞在北島流亡詩作上的各種詮釋法則，皆無法令詩作
更加明朗時，回到詩作本身、近距離的觀察，才是解決問題最根本
的方法。北島遺留在字裡行間的空白，是大部分詩論家注意到的特
徵，這除了是詩人以文言文方式鍛煉字句的成果，詩意未明且有待
填補的意義空缺，亦代表著詩人在創作過程中對真實讀者的期待。
北島在等待能夠於簡省的字句裡，讀出詩人「中國背景」的讀者。
如此一來，流亡詩人堅持在流亡中以母語書寫中國、即使浪跡天涯
也始終不放棄與中國對峙的頑強，便能夠與北島「在中國」時期的
精神互相連屬。從另一方面來說，流亡詩人亦因著與富於政治意涵
的「當代中國」不相離，而確立其「中國流亡者」的身分。北島在
流亡之後，以「空白」創造的、自身與「當代中國」之連結，便是
其流亡詩作中最精彩的創作。

第六章 結 論

　　北島一九七〇年代寫就的詩作，遲至一九八〇年代才成為「朦朧詩論爭」的談資，詩人與政治直接關聯的作品，凌駕於其他主題之上，成為這場論爭的研商重心。反抗政治束縛的創作，固然是北島憑以與其他「朦朧詩人」區別開來的特色，但綜觀北島一九七〇年代的詩歌，政治詩其實只佔了極小的比重。大自然風情和生命感懷，才是北島此時抒寫的焦點。由「朦朧詩論爭」所建構的北島形象，至此突顯出其失之片面的偏頗。

　　然則，朦朧詩論爭之於北島詩歌的「片面」與「偏頗」，並不只限於一九七〇年代的地下寫作，詩人與論爭同步進行的一九八〇年代創作，亦因著評論家總把目光投向一九七〇年代而被輕忽。北島一九八〇年代的詩歌在朦朧詩論爭裡，討論得並不多，即使被提起，也是將之涵括於「朦朧詩」的脈絡之下。但是，一九八〇年代意味的，是文化大革命落幕和詩人寫作經驗積累，迥異於一九七〇年代的社會情境及創作思考，勢必滲透進北島所揮灑的詩頁裡。輕易將北島一九八〇年代詩作納入「朦朧詩」的論述脈絡，實無異於漠視詩人對時代的回應。詩人於一九八〇年代的詩藝進展，被如此粗魯地抹煞，也難怪北島不禁地認為，少有讀者讀出他在一九八〇年代初強烈的詩風變化[1]。

---

[1]　北島、南方都市報〈《今天》的故事──北島訪談錄〉，《今天文學雜誌網絡

　　另外，從「朦朧詩」的文學史困境來說，耗時數年的朦朧詩論爭，始終沒有為「朦朧詩」設下明確的定義及時限，且在中國當代詩壇於朦朧詩議題尚無共識的情勢下，另一波「反朦朧詩」的詩學主張，卻率先襲捲詩界，朦朧詩論述裡懸而未決的部分亦因此遭到擱置。一代又一代年輕詩人推陳出新的詩歌意見，成功地瓜分詩論者的目光，北島及其所從屬的「朦朧詩潮」亦只能隨著時間漸漸陳舊，繼續著它混沌未明的身世。北島的早期詩歌或許是推動朦朧詩潮的重要力量，但「朦朧詩」的名銜既不能完整地呈現詩人一九七〇年代創作的面貌，更無法透顯寫作歷練和思考轉折在時間之中所帶出的詩歌風格蛻變。每每將北島一九七〇和一九八〇年代詩歌混為一談的論述架構，著實不是建構全幅北島早期詩歌面貌時的明智之舉。

　　在細究過朦朧詩論爭所涉及的北島詩作、參與評論者的側重，以及大時代的氛圍之後，本論文試圖大膽地放棄中國當代文學史論述中，牢不可破的「朦朧詩人：北島」之定見。這不僅是著眼於朦朧詩與北島間的不相襯，就經營單一作者的詩歌研究而論，北島在此間並不需要依附於任何詩派的名號下，以與其他派別的詩歌美學區分，無論北島屬不屬於「朦朧詩派」，皆無礙於研究者對北島詩歌的美學／風格提出評價。是以，針對北島一九七〇年代、一九八〇年代詩作而起的研究，當前最重要的，莫過於捨棄「朦朧詩」之名

版》（http://www.jintian.net/fangtan/2008/nfdsb.html）。按：本文原刊載於 2008 年 6 月 1 日南方都市報 GB32 版篇名為〈1978 年 12 月，《今天》創刊：青春和高壓給予他們可貴的能量〉。相同的文章刊載於《今天文學雜誌網絡版》之上時，更名為〈《今天》的故事──北島訪談錄〉，內容比原刊更為完整，故此處引文取自《今天文學雜誌網絡版》。

所帶來的侷限。透過將詩作精確繫年的方式，讓一九七〇年代的詩作回到一九七〇年代的語境，一九八〇年代的作品亦然，這是還以北島早期詩歌完整面貌的唯一方法，亦是本論文致力達成的目標。

浪漫情懷，是北島寫詩的初衷，那些素樸而熱切的謳歌山林之作，透露的是，詩人在還未將家國重責負在肩上以前，純粹真摯的快樂。然而，素樸和純真終究不是足以抵擋國家機器和意識型態侵蝕的神兵利器。詩人勇於涉世的人格、積壓日久的憤怒，以及遇羅克的精神和存在哲思的感召，最終將柔軟的浪漫情懷，推向浪漫主義積極的一面。這些元素綜合呈現在北島詩中的效果，便是大無畏的承擔與啟蒙意識。「詩人北島」令人津津樂道的詩學風格亦於此間創立。雖然在一九七六年之後，北島的詩歌因為親人驟逝和以地下文學雜誌《今天》實踐反叛，而幾度游離於當代中國政治之外，但詩人最終還是無法自外於中國社會加諸於他的束縛。

一九七〇年代，北島敢為一代人之先的直言無諱，是將自己置放於一代人之前，為整個世代的茫然青年吶喊出不平。到了一九八〇年代，當改革的浪漫成分漸漸在對峙的僵持中耗損，存在主義對世情的洞徹、對生命本質的荒謬之評，便取代了最初的浪漫情懷，成為詩人拓展生命歷程的主要索引。詩人改以存在的死亡本質審視生命，試圖消解自己曾有過的「啟蒙」、「承擔」作為。放下一代人的重擔，詩人只想以「一個人」的存在自覺──而非依附於政治結構的生硬回聲──完成自己對時代的表述。此時詩人情志，才是最接近他那著名的詩句：「我並不是英雄／在沒有英雄的年代裡／我只想做一個人」[2]的狀態。從一九七〇到一九八〇年代，北島對自身的

---

[2]　北島〈宣告──給遇羅克烈士〉，《人民文學》1980 年第 10 期（1980/10），頁 33。

期許以及對時代的承擔，雖然有些改變，不過，只要觀察到，北島一直以來的創作信念，都是憑一紙文學向龐然的政治體系攻訐，那麼浪漫主義追求文學自主和生命自由的積極精神，其實是滲透在北島的詩人靈魂以及存在思考之中的。

北島在一九八六年寫出長詩〈白日夢〉之後，就暫時歇筆，直到一九八九年才又提筆寫詩。隨之而來的流亡遭遇，令北島有了不同的詩學思考，不同於「在中國」時期的筆勢，於焉成形。

中國的詩論者直到二〇〇三年，才得以讀見北島一九八九至一九九八年間的流亡詩作。落後於北島的評論者，總有著趕上詩人詩作的迫切，以致於無心顧及北島創作時的流亡情境以及迸現其中的流亡意識，只急切地剪裁北島一九八九年後詩作，使其吻合各取所需的流亡詮釋。然而，流亡詩並非流亡的必然結果，略去把梳流亡對北島造成的影響，例如流亡意識的產生、流亡意識如何表現於文本等等重要的細節，勢必無法確認北島與流亡詩之間的關係，如此開展的北島流亡詩論述，便只能是無盡的詩歌特色分析，而無力進入北島於詩作中構築的流亡沉吟。當評論者無力融入北島所構築的流亡情境時，探求導引流亡詩歌的流亡意識以回返詩人創作的核心意念，也連帶地成為不可能。從北島的詩行間捕捉並補足這段流亡詩論述裡的空白，便是本研究另一項重要的開拓。

流亡雖令詩人遠離了當代中國的政治情境，然而，流亡所代表的政治放逐，卻使得詩人無法自外於當代的中國政治。就算生命開展的方向只能是往背離家鄉、與中國漸行漸遠的單向道路上走去，北島卻不放棄，反而因此更加堅決地書寫中國。源源不絕的流亡詩作，不住地以當代中國為背景，即使「中國」在詩作裡往往是「被

筆勾掉的山水」³，北島卻總有著在空白裡重現中國的能耐。在以空白為強調的詩筆之下，北島期待的是通曉其反叛履歷以及中國經驗的讀者，能夠準確無誤地解讀出詩人胸臆裡，那流亡身分與當代中國之間千絲萬縷的糾結。

　　從站在一代人最前線的嘶吼，到置身人群之中的嘲諷譏誚，再到流亡之後，獨自沉思「中國」的低語獨白。無論北島以何種姿態講述著中國，事實上，皆是以不同的詩歌語言轉述著相同的、難以實現的「中國之夢」。這個中國之夢，是北島被一代人記憶、令中國將之放逐，以及在流亡途中藉以確立「中國身分」的依據。流放詩人的制裁，本是中國拒絕與詩人再有瓜葛的手段，然而，當流亡的北島意識到自己，再也無法離開「中國」而單獨完成其「中國詩人」的身分，詩人只好以其鋪陳了數十年的「夢想」，令富於政治意涵的「當代中國」，成為襯在流亡詩人「情感中國」之後，一個毋需特別強調的詮釋背景。由是，「中國」將隨著北島的流亡詩作一再被讀取，而當代的中國政治，亦將永遠無法擺脫詩人反身建構「中國」的負隅抵抗。

　　無論是一九七〇、一九八〇，還是一九九〇年代，中國當代詩壇總是一而再地錯過北島。是以，本論文寫作的目的，即是針對這種詩論與詩作間的「時差」而來。藉著精確的詩作繫年和盡可能地還原詩人創作時的語境，蠡測北島埋藏在字裡行間的縝密思緒。詩人於草創時期的詩歌語言雖然青澀，卻因為有著十足的叛逆勇氣，而成為中國當代新詩史上，恢復自主創作意識和語言活力的重要里程碑。當一九八〇年代，北島藉著進一步深思存在主義，同時完成

---

³　北島〈無題（被筆勾掉的山水）〉，《開鎖》（臺北：九歌，1999），頁77。

其思與其詩的轉變時，即便少有人在意詩人此刻的變化，但北島依然堅持著詩意的鍛鍊，以相對成熟的詩歌語言，更從容地表達了自己於「存在悲劇」中奮戰到底的決心。一九九〇年代因流亡而與中國疏離的北島，卻也沒有令詩遠離中國，詩人以精練字句為古典漢詩的現代實踐，隱於詩行空白之處、以減省為強調的詩人創作意識，則是北島獨創的流亡詩學中最精彩的一頁。

雖然中國當代文學史和中國當代新詩史，都只能將「朦朧詩」的起首章節留給北島，但北島之於中國當代文壇、詩壇的意義，絕不僅止於此。在意識深處堅持著書寫當代中國的毅力，以及自覺翻新的詩歌語言和筆觸，這不只是北島對自身詩藝的錘鍊，亦是詩人為中國現代漢詩之開拓所付出的努力。

參考書目

【中文參引書目】

Gerhard Schulz 著，李中文譯《浪漫主義》（臺中：晨星出版有限公司，2007）

M.H.艾布拉姆斯著，袁洪軍等譯《鏡與燈──浪漫主義理論批評傳統》（北京：中國社會科學出版社，1991）

Maurice Meisner 著，杜蒲譯《毛澤東的中國及其後：中華人民共和國史》（香港：中文大學出版社，2005）

中國版本圖書館編《全國內部發行圖書總目 1949-1986》（北京：中華書局，1988）

王家平《文化大革命時期詩歌研究》（開封：河南大學出版社，2004）

北　島《北島詩選》（廣州：新世紀出版社，1986）

北　島《北島詩集》（臺北：新地出版社，1988）

北　島《在天涯：北島詩選》（香港：牛津大學出版社，1993）

北　島《午夜歌手》（臺北：九歌出版社有限公司，1995）

北　島《零度以上的風景》（臺北：九歌出版社有限公司，1996）

北　島《藍房子》（臺北：九歌出版社有限公司，1998）

北　島《開鎖》（臺北：九歌出版社有限公司，1999）

北　島《午夜之門》（臺北：九歌出版社有限公司，2002）

北　島《北島詩歌集》（海口：南海出版公司，2003）

北　島《失敗之書》（汕頭：汕頭大學出版社，2004）

北　島《青燈》（香港：牛津大學出版社，2006）

北　島《青燈》（南京：江蘇文藝出版社，2008）

卡　繆著，張漢良譯《薛西弗斯的神話》（臺北：志文出版社有限公司，1994）

尼　采著，劉崎譯《上帝之死》（臺北：志文出版社有限公司，1994）

尼　采著，劉崎譯《悲劇的誕生》（臺北：志文出版社有限公司，1993）

朱光潛《文藝心理學》（臺北：漢湘文化有限公司，2003）

朱光潛《悲劇心理學——各種悲劇快感理論的批判研究》（臺北：蒲公英出版社，1986）

艾德華・薩依德著，單德興譯《知識份子論（增訂版）》（臺北：麥田出版股份有限公司，2004）

吳尚華《中國當代詩歌藝術轉型論》（合肥：安徽教育出版社，2004）

李　揚《中國當代文學思潮史》（上海：上海社會科學院出版社，2005）

李新宇《中國當代詩歌藝術演變史》（杭州：浙江大學出版社，2000）

李潤霞編《被放逐的詩神》（武漢：武漢出版社，2006）

沙　特著，劉大悲譯《沙特文學論》（臺北：志文出版社有限公司，1980）

汪劍釗《二十世紀中國的現代主義詩歌》（北京：文化藝術出版社，2006）

肖　野編《朦朧詩 300 首》（廣州：花城出版社，1989）

貝　嶺《主題與變奏》（臺北：黎明文化事業股份有限公司，1994）

貝　嶺《舊日子——貝嶺詩選》（臺北：傾向出版社，2006）

非　馬編《朦朧詩選》（臺北：新地出版社，1988）

查建英《八十年代訪談錄》（香港：牛津大學出版社，2006）

洪子誠、劉登翰《中國當代新詩史（修訂版）》（北京：北京大學出版社，2005）

洪子誠《中國當代文學史》（北京：北京大學出版社，1999）

莊柔玉《中國當代朦朧詩研究——從困境到求索》（臺北：大安出版社，1993）

食　指《食指的詩》（北京：人民文學出版社，2000）

奚　密《現當代詩文錄》（臺北：聯合文學出版社有限公司，1998）

奚　密《現代漢詩：一九一七年以來的理論與實踐》（上海：上海三聯書店，2008）

徐國源《遙遠的北島：北島詩、人及其散文評論》（臺北：黎明文化事業股份有限公司，2002）

高宣揚《存在主義》（臺北：遠流出版事業股份有限公司，1993）

張　容《阿爾貝‧卡繆》（臺北：遠流出版事業股份有限公司，1990）

張　閎《聲音的詩學》（北京：中國人民大學出版社，2003）

陳思和編《中國當代文學史教程（第二版）》（上海：復旦大學出版社，2005[1999]）

喻大翔、劉秋玲編《朦朧詩精選》（武昌：華中師範大學出版社，1986）

復旦大學出版社《新時期文藝學論爭資料（上）、（下）》（上海：復旦大學出版社，1988）

程　波《先鋒及其語境：中國當代先鋒文學思潮研究》（桂林：廣西師範大學出版社，2006）

程代熙編《新時期文藝新潮評析》（開封：河南大學出版社，1997）

程光煒《中國當代詩歌史》（北京：中國人民大學出版社，2003）

程光煒等編《中國現代文學史》（北京：中國人民大學出版社，2000）

雅克‧巴尊著，侯蓓譯《古典的、浪漫的、現代的》（南京：江蘇教育出版社，2005）

楊　健《中國知青文學史》（北京：中國工人出版社，2002）

楊四平《20世紀中國新詩主流》（合肥：安徽教育出版社，2004）

趙振開《波動》（香港：中文大學出版社，1985）

劉　禾編《持燈的使者》（香港：牛津大學出版社，2001）

劉志榮《潛在寫作》（上海：復旦大學出版社，2007）

劉福春《新詩紀事》（北京：學苑出版社，2004）

歐陽江河《站在虛構這邊》（北京：生活‧讀書‧新知三聯書店，2001）

蔡源煌《從浪漫主義到後現代主義》（臺北：雅典文化事業有限公司，1991）

閻月君、高　岩、梁　云、顧　芳編《朦朧詩選》（瀋陽：春風文藝出版社，1985）

駱寒超《20世紀新詩綜論》（上海：學林出版社，2001）

璧　華、楊　零編《崛起的詩羣——中國當代朦朧詩與詩論選集》（香港：當代文學研究社，1984）

鄭　義主編《不死的流亡者》（臺北：印刻文學生活雜誌出版有限公司，2005）

顧　工編《顧城詩全編》（上海：上海三聯書店，1995）

【中文期刊論文參引篇目】

宇文所安（Stephen Owen）著，洪越譯，田曉菲校〈什麼是世界詩歌〉，《新詩評論》總第三輯（2006/04），頁117-128。

宇文所安（Stephen Owen）著，洪越譯，田曉菲校〈進與退：「世界」詩歌的問題和可能性〉，《新詩評論》總第三輯（2006/04），頁129-145。

一　平〈孤立之境——讀北島的詩〉《詩探索》2003年Z2期（2003/12），頁144-163。

于慈江〈孤獨的醒者與絕望的期待——北島〈呼救信號〉評析〉，《名作欣賞》1986年第5期（1986/09），頁117-119。

王　干〈歷史・瞬間・人——論北島的詩〉，《文學評論》1986年第3期（1986/05），頁53-59。

王光明〈論「朦朧詩」與北島、多多等人的詩〉，《江漢大學學報（人文科學版）》第25卷第3期（2006/06），頁5-10。

王亞斌〈自嘲與反諷——論北島海外詩歌的一種風格〉，《齊齊哈爾大學學報（哲學社會科學版）》2006年第2期（2006/03），頁82-83。

代新華〈面觀北島朦朧詩的特徵〉，〈新疆石油教育學院學報〉2003年03期總第39期（2003/09），頁111-112。

北　島〈結局或開始──給遇羅克烈士〉，《上海文學》1980 年第 12 期
　　（1980/12），頁 47-48。

北　島〈宣告──給遇羅克烈士〉，《人民文學》1980 年第 10 期（1980/10），
　　頁 33。

北　島〈回答〉，《詩探索》1981 年第 1 卷（1981/01），頁 24。

北　島〈我們每天的太陽（二首）〉，《上海文學》1981 年第 5 期（1981/05），
　　頁 90-91。

北　島〈歸程〉，《上海文學》1982 年第 9 期（1982/09），頁 76-77。

北　島、唐曉渡〈我一直在寫作中尋找方向──北島訪談錄〉，《詩探索》
　　2003 年 Z2 期（2003/12），頁 164-172。

北　島、翟　頔〈附錄：中文，是我唯一的行李〉《失敗之書》（汕頭：
　　汕頭大學，2004），頁 284-295。

北　島、南方都市報〈《今天》的故事──北島訪談錄〉，《今天文學雜
　　誌網絡版》（http://www.jintian.net/fangtan/2008/nfdsb.html）。（本文
　　原刊載於 2008 年 6 月 1 日南方都市報 GB32 版篇名為〈1978 年 12 月，
　　《今天》創刊：青春和高壓給予他們可貴的能量〉。相同的文章刊於
　　《今天文學雜誌網絡版》時，更名為〈《今天》的故事──北島訪談
　　錄〉，內容比原刊更為完整。）

向愛明〈讓感覺生動起來──北島〈古寺〉的語言藝術〉，《修辭學習》
　　1998 年第 1 期（1998/01），頁 38。

成方令〈訪北島〉，《聯合文學》第 40 期（1988/03），頁 0103-108。

江弱水〈孤獨的舞者，沒有佈景與音樂──從歐陽江河序談北島詩〉，《創
　　世紀》總 111 期（1997/06），頁 69-78。

吳　當〈英雄與知己──北島〈宣告〉試析〉，《文訊》總 95 期（1993/09），
　　頁 18-19。

吳曉東〈「走向冬天」──北島的心靈歷程〉，《讀書》1987 年第 1 期
　　（1987/08），頁 53-59。

李林展〈震響之後的真實——北島研究綜論〉，《佛山科學技術學院學報（社會科學版）》第 22 卷第 5 期（2004/09），頁 46-50。

李焯雄〈中心與迷宮之間・一種讀法的追尋——顧城・北島詩作〉，《現代詩季刊》復刊第 12 期（1988/07），頁 8-19。

李傳伸〈深邃・悲壯・躍動——北島的〈島〉探幽〉，《名作欣賞》1986年第 1 期（1986/01），頁 116-118。

李歐梵〈五四文人的浪漫精神〉，收入周陽山編《五四與中國》（臺北：時報，1979）頁 295-315。

李潤霞〈「文革」後民刊與新時期詩歌運動——以《啟蒙》與《今天》為例〉，《新詩評論》總第 3 期（2006/04），頁 98-114。

杜博妮〈朦朧詩旗手——北島和他的現代詩〉，《九十年代月刊》總第 172期（1984/05），頁 94-97。

邢富君〈南方的期冀與北方的夢魘〉，《江漢論壇》1987 年第 8 期（1987/08），頁 53-57。

周長才〈北島與諾貝爾文學獎〉，《外國文學》1999 年 02 期（1999/04），頁 71-76。

林平喬〈試論北島的愛情詩〉，《湘潭師範學院學報（社會科學版）》第 27 卷第 5 期（2005/09），頁 76-78。

林幸謙〈當代中國流亡詩人與詩的流亡——海外流放詩體的一種閱讀〉，《中外文學》第 30 卷第 1 期（2001/06），頁 33-64。

林幸謙〈無主之詞／一聲淒厲的叫喊——北島的流放語言和離散語境〉，《文學世紀》總第 18 期（2002/09），頁 14-18。

洪子誠〈北島早期的詩〉，《海南師範學院學報（社會科學版）》2005 年第一期總第 75 期（2005/01），頁 4-10。

唐曉渡〈北島：沒有幸福，只有自由和平靜〉，《當代作家評論》2004 年03 期（2004/05），頁 18-20。

夏元明〈北島組詩〈太陽城札記〉解讀〉，《名作欣賞》2005 年 17 期（2005/09），頁 86-93。

孫基林〈朦朧詩的三種向度與範式〉，《中國海大學學報（社會科學版）》
　　2005 年第 3 期（2005/05），頁 45-54。

秦　虹〈精神的力量有多久——北島詩〈結局或開始——獻給遇羅克〉賞
　　析〉，《閱讀與寫作》2006 年第 6 期（2006/06），頁 43-44。

張　棗〈當天上掉下來一個鎖匠……〉，收入北島《開鎖》（台北：九歌
　　出版社，1999），頁 7-29。

張　閎〈北島，或關於一代人的成長小說〉，《當代作家評論》1998 年 06
　　期（1998/11），頁 86-94。

張愛葉〈走近北島——北島詩歌淺析〉，《大同職業技術學院學報》第 16
　　卷第 3 期（2002/09），頁 33-34。

張新穎〈中國當代文學反抗的流變：從北島到崔健到王朔〉，《文藝爭鳴》
　　1995 年 03 期（1995/05），頁 32-39。

畢光明〈朦朧詩的美學原則〉，《瓊州大學學報（社會科學版）》1997 年
　　第 3 期（1997/09），頁 78-83。

陳　超〈北島論〉，《文藝爭鳴》2007 年 08 期（2007/08），頁 89-99。

陳大為〈從裂變與斷代思維論大陸當代詩史的版圖焦慮〉，《香港文學》
　　總第 252 期（2005/12），頁 45-55。

陳大為〈京畿攻略：中國當代詩歌版圖上的北京〉，《思與言》第 45 卷第
　　1 期（2007/03），頁 93-123。

陳怡瑾〈漂泊者之詩——談海外華語詩人北島與張錯〉，《笠詩刊》第 243
　　期（2004/10），頁 97-112。

陳明火〈北島：反復修辭之變〉，《寫作》2005 年第 21 期（2005/11），
　　頁 8-10。

陳紹偉〈重評北島〉，《文藝理論與批評》1991 年第 5 期（1991/05），頁
　　120-124。

彭萬榮〈北與現實世界之齟齬〉，《當代文藝思潮》1985 年第 1 卷（1981/01），
　　頁 33-36。

游宇明〈論北島早期詩歌的人的意識〉,《名作欣賞》2006 年 20 期（2006/10），
　　頁 41-43。

湯擁華、羅云鋒、賈　鑒〈北島三人談〉,《華文文學》總第 76 期（2006/05），
　　頁 86-89。

楊　嵐〈清醒與執拗並存〉,《連雲港職業技術學院學報》第 14 卷第 4 期
　　（2001/12），頁 46-48。

楊四平〈北島論〉,《涪陵師範學院學報》第 21 卷第 6 期（2005/11），
　　頁 25-32。

楊立華〈北島詩二首解讀〉,《詩探索》2003 年 Z2 期（2003/12），頁
　　173-183。

楊志學〈懸崖邊的愛情──北島〈雨夜〉賞析〉,《名作欣賞》1998 年第
　　1 期（1998/01），頁 107-109。

賈　鑒〈北島：一生一天一個句子〉,《華文文學》總第 76 期（2006/05），
　　頁 80-85。

歐陽江河〈初醒時的孤獨〉,收入北島《零度以上的風景》（台北：九歌
　　出版社，1996），頁 7-35。

樓肇明〈回答〉,《詩探索》1981 年第 1 卷（1981/01），頁 25-28。

鄧云川〈從于堅和北島、王家新詩歌看詩歌和生活的關係〉,《雲南師範
　　大學學報》第 35 卷第 6 期（2003/11），頁 66-69。

鄧鳴英〈北島詩歌意象的情感寄托和美學意味〉,《語文學刊》2004 年 06
　　期（2004/06），103-105 頁。

黎　風〈詩話六題──讀北島後期詩作偶感〉,《西南民族學院學報（哲
　　學社會科學版）》第 21 卷第 6 期（2000/06），頁 49-53。

羅云鋒〈北島詩論〉,《華文文學》總第 76 期（2006/05），頁 70-79。

【英文參引書目／篇目】

Bei Dao. *Notes from the city of the sun : poems.* New York: Cornell University, 1983.

Bei Dao. *Old Snow.* New York: New Directions Publishing Corporation, 1991.

Bei Dao. *Forms of Distance.* New York: New Directions Publishing Corporation, 1994.

Bei Dao. *Landscape Over Zero.* New York: New Directions Publishing Corporation, 1996.

Bonnie S. McDougall. "Translator's Note." The August Sleepwalker. New York: New Directions,1990. p.15.

Bonnie S. McDougall. "Preface." *Old Snow.* New York: New Directions,1991. pp. xi-xiii.

Bonnie S. McDougall. "Bei Dao's Poetry: Revelation and Communication" *Modern Chinese Literature,*1985. Vol. 1(2). pp. 225-252.

Dian Li. "Ideology and Conflicts in Bei Dao's Poetry", *Modern Chinese Literature,* 1996. Vol. 9. pp.369-385.

Dian Li. *The Chinese Poetry of Bei Dao,1978-2000:resistance and exile* New York :The Edwin Mellen Press, 2006.

Bei Dao, and Siobhan La Piana. "An Interview with Visiting artist Bei Dao: Poet in exile." *The Journal of the International Institute* (January 1999). (http://www.umich.edu/~iinet/journal/vol2no1/v2n1_Bei_Dao.html)

Stephen Owen. "The Anxiety of Global Influence : What is World Poetry." *New Republic* (November 1990) pp.28-32.

Wolfgang Iser. *The Implied Reader : Patterns of Communication in Prose Fiction From Bunyan to Beckett.* John Hopkins U.P., 1974.

附　錄

摘　要

　　北島自一九七○年開始寫作新詩，初執詩筆的北島以抒情避世的田園風情為入門，在接受到地下青年思想圈的存在主義感召，以及詩人自身的使命感和理想，遂將原初的浪漫情懷注入以干預現實的無比勇氣。一九七三年〈告訴你吧，世界〉寫出之後，北島的心緒便轉向對現實社會的反省與反叛。陸續的幾年間〈結局或開始──給遇羅克烈士〉、〈宣告──給遇羅克烈士〉，以及〈回答〉接連著寫出，這些詩作不僅激起了「一代人」的自主自覺，直至一九八○年代中國詩壇開展的「朦朧詩」論爭，仍視北島一九七○年代的作品為大逆不道的「崛起」。然而，到了一九七六年因著人生的鉅變，北島詩作頓時轉向悲悽愁苦。詩人於一九七八年以前的語言嘗試，皆以不同比例，分佈於一九七九年之後的創作中。

　　一九七八年底除了是地下文學刊物《今天》亮相登場的時刻，對北島的新詩創作來說，亦是詩人在《北島詩選》（1986）裡設下的，第一個寫作階段的底限。一九七九年《今天》大張

旗鼓之時，北島於一九七八年以前完成的政治詩作仍然適用，
詩人亦暫時將筆觸導向款款的情詩創作。一向關注於中國社會的
北島，最終仍選擇帶著他的詩回到現實世界裡，梳理存在與自
由、現在與未來以及一代人與一個人的細密糾葛。及至一九八九
年之後，北島在流亡之中以母語寫作，詩人和文字的不尋常關
係，除了滲透著流亡生活的苦澀，語言和寫作對詩人的意義，才
是真正造就流亡詩特質的原因，從這一根本的創作路徑出發，我
們試圖建構出，北島如何通過流亡的距離，思索自身與原鄉的
連結。

關鍵詞：北島、現代漢詩、朦朧詩、存在主義、流亡

Abstract

Bei-Dao began his writing in Chinese Modern Poetry in 1970. He was first known for his reclusive pastoral poem style. Later inspired by Existentialism which was once popular among the underground literary group, and also motivated by his personal dutiful connection to the society, Bei-Dao decided to challenge the traditional Chinese society with his passion about poetry. In 1973, after publishing the poem "Let Me Tell You, World," Bei-Dao started to focus on the introspection and rebellion to the reality. In the following years, he went on publishing poems like "An End or a Beginning—for Yu Luoke," "Declaration—for Yu Luoke," and "The Answer," which aroused a wave of self-awareness in his contemporaries. In the middle of 1980s, there was a dispute about "misty poetry" (Meng-Long Shi), The Chinese poem circle still considered the works of Bei-Dao in 1970s as a revolutionary rebel. Unfortunately, in 1976 Bei-Dao was suffering with the grief of his family's death, which turned his later works into more gloomy and sorrowful style. However, his typical writing style still remained in the works published after 1979.

In the meantime of the debut of *Jintian* (Today) magazine, an underground literary magazine, in late 1978, Bei-Dao's early works were seen as an index for contemporary poem writing. In 1979, Jintian magazine was hot among Chinese young generation. Although Bei-Dao's political poems written before 1978 were still publicly accepted at that time, he was trying to focus more on love poems. Bei-Dao was always concerned about Chinese society, so eventually he chose to devote his poems to speak for human freedom and individual social responsibility. Nevertheless, after The Tiananmen Square protests in 1989, Bei-Dao was exiled by Chinese government. Even in exile, he did not give up writing poems in his own mother language, which showed the sacred love of a great poet to his homeland, China. Through the exile life, Bei-Dao's language using and writing skill on his poems were finely extracted and became the best works of the type of exile poems.

This essay aims to go back to Bei-Dao's creations, and trying to figure out the quality in poet's works and discussing further more about Bei-Dao's establishment in modern Chinese poetry.

Keywords: Bei-Dao, Modern Chinese poetry, Misty poetry, Existentialism, Exil

國家圖書館出版品預行編目

語境的還原：北島詩歌研究 / 楊嵐伊著. --
　一版. -- 臺北市：秀威資訊科技, 2010.01
　　面；　公分. -- (語言文學類；AG0123)
BOD 版
參考書目：面
ISBN 978-986-221-359-9 (平裝)

851.486　　　　　　　　　98021942

 語言文學類　AG0123

語境的還原：北島詩歌研究

作　　者 / 楊嵐伊
發 行 人 / 宋政坤
執行編輯 / 林世玲
圖文排版 / 鄭鉅旻
封面設計 / 李孟瑾
數位轉譯 / 徐真玉　沈裕閔
圖書銷售 / 林怡君
法律顧問 / 毛國樑　律師
出版印製 / 秀威資訊科技股份有限公司
　　　　　台北市內湖區瑞光路 583 巷 25 號 1 樓
　　　　　電話：02-2657-9211　　　傳真：02-2657-9106
　　　　　E-mail：service@showwe.com.tw
經 銷 商 / 紅螞蟻圖書有限公司
　　　　　台北市內湖區舊宗路二段 121 巷 28、32 號 4 樓
　　　　　電話：02-2795-3656　　　傳真：02-2795-4100
　　　　　http://www.e-redant.com

2010 年 01 月 BOD 一版
定價：220 元

讀 者 回 函 卡

感謝您購買本書，為提升服務品質，煩請填寫以下問卷，收到您的寶貴意見後，我們會仔細收藏記錄並回贈紀念品，謝謝！

1.您購買的書名：＿＿＿＿＿＿＿＿＿＿＿＿＿＿＿＿＿

2.您從何得知本書的消息？

　　□網路書店　　□部落格　　□資料庫搜尋　　□書訊　　□電子報　　□書店

　　□平面媒體　　□　朋友推薦　　□網站推薦 □其他＿＿＿＿＿＿

3.您對本書的評價：(請填代號　1.非常滿意 2.滿意 3.尚可 4.再改進)

　　封面設計＿＿＿　版面編排＿＿＿　內容＿＿＿　文/譯筆＿＿＿　價格＿＿

4.讀完書後您覺得：

　　□很有收穫　　□有收穫　　□收穫不多　　□沒收穫

5.您會推薦本書給朋友嗎？

　　□會　□不會，為什麼？＿＿＿＿＿＿＿＿＿＿＿＿＿＿＿

6.其他寶貴的意見：＿＿＿＿＿＿＿＿＿＿＿＿＿＿＿＿＿＿

＿＿＿＿＿＿＿＿＿＿＿＿＿＿＿＿＿＿＿＿＿＿＿＿＿＿＿

＿＿＿＿＿＿＿＿＿＿＿＿＿＿＿＿＿＿＿＿＿＿＿＿＿＿＿

＿＿＿＿＿＿＿＿＿＿＿＿＿＿＿＿＿＿＿＿＿＿＿＿＿＿＿

讀者基本資料

姓名：＿＿＿＿＿＿＿＿＿　年齡：＿＿＿　性別：□女 □男

聯絡電話：＿＿＿＿＿＿＿　E-mail：＿＿＿＿＿＿＿＿＿

地址：＿＿＿＿＿＿＿＿＿＿＿＿＿＿＿＿＿＿＿＿＿＿＿

學歷：□高中(含)以下　　□高中　　□專科學校　　□大學

　　　□研究所(含)以上 □其他＿＿＿＿＿＿＿

職業：□製造業 □金融業 □資訊業 □軍警 □傳播業 □自由業

　　　□服務業 □公務員 □教職　　□學生 □其他＿＿＿＿＿

To：114

台北市內湖區瑞光路 583 巷 25 號 1 樓

秀威資訊科技股份有限公司　　　收

寄件人姓名：

寄件人地址：□□□

(請沿線對摺寄回,謝謝!)

秀威與 BOD

BOD（Books On Demand）是數位出版的大趨勢，秀威資訊率先運用 POD 數位印刷設備來生產書籍，並提供作者全程數位出版服務，致使書籍產銷零庫存，知識傳承不絕版，目前已開闢以下書系：

一、BOD 學術著作—專業論述的閱讀延伸
二、BOD 個人著作—分享生命的心路歷程
三、BOD 旅遊著作—個人深度旅遊文學創作
四、BOD 大陸學者—大陸專業學者學術出版
五、POD 獨家經銷—數位產製的代發行書籍

BOD 秀威網路書店：www.showwe.com.tw
政府出版品網路書店：www.govbooks.com.tw

永不絕版的故事·自己寫·永不休止的音符·自己唱